LINDA WINTERBERG

Die Kinder des Nordlichts

AF203737

atb aufbau taschenbuch

Hinter LINDA WINTERBERG verbirgt sich Nicole Steyer, eine erfolgreiche Autorin historischer Romane. Sie lebt mit ihrem Mann und ihren zwei Töchtern im Taunus und begann im Kindesalter erste Geschichten zu schreiben, ganz besonders zu Weihnachten, was sie schon immer liebte.

In der Aufbau Verlagsgruppe liegen von ihr die Romane »Das Haus der verlorenen Kinder«, »Solange die Hoffnung uns gehört«, »Unsere Tage am Ende des Sees«, »Die verlorene Schwester«, »Für immer Weihnachten« sowie der erste Teil der Hebammen-Saga »Aufbruch in ein neues Leben« vor.

Loshavn, Norwegen, 2010: Endlich hat es die junge Marie geschafft, ihre Großmutter Betty zu finden. Als Norwegerin, die während des Zweiten Weltkriegs die Geliebte eines Deutschen war, wurde Betty damals ihr Kind weggenommen. Noch während sie und Marie dabei sind, die Geschichte ihrer Familie zu ergründen, stirbt Betty. An der Seite ihrer norwegischen Freundin Elin, die ebenfalls mehr über ihre deutschen Wurzeln erfahren will, kehrt Marie nach Wiesbaden zurück. Mit im Gepäck haben die beiden jungen Frauen das alte Rezeptbuch von Elins Großmutter, und als ihre Suche zu scheitern droht, finden sie Trost in den traditionellen Backwaren aus Norwegen. Und auf einmal bietet sich über den Aromen von Zimt und Kardamom die Gelegenheit für einen Neuanfang – denn sie beschließen, ein norwegisches Café zu eröffnen. Doch um das Rätsel von Elins Herkunft zu lösen, bedarf es noch eines kleinen Weihnachtswunders ...

Die Presse zum Vorgänger
»Das Haus der verlorenen Kinder«:
»Packend.« *Laura*
»Einfühlsam und spannend.« *Hessischer Rundfunk*

Linda Winterberg

Die
Kinder
des
Nordlichts

ROMAN

 aufbau taschenbuch

ISBN 978-3-7466-3505-7

Aufbau Taschenbuch ist eine Marke der
Aufbau Verlag GmbH & Co. KG

1. Auflage 2019
© Aufbau Verlag GmbH & Co. KG, Berlin 2019
Umschlaggestaltung www.buerosued.de, München,
unter Verwendung eines Bildes von Arcangel/Anna Mutwil
Druck und Binden CPI books GmbH, Leck, Germany
Printed in Germany

www.aufbau-verlag.de

Kapitel 1

Loshavn, Norwegen, Oktober 2010

Maries Blick wanderte über das Wasser auf die weißen Holzhäuser Loshavns, die im warmen Licht der Abendsonne vor ihr lagen. In einem von ihnen, im Haus am Odde Berg, hatte sie in den letzten Monaten ein Gefühl dafür bekommen, wie es war, eine Familie zu sein und zu jemandem zu gehören. Mit Betty, ihrer Großmutter, die letzten Sonntag im Sessel am Fenster für immer eingeschlafen war.

Dort hatte sie so gern gesessen, den Blick aufs Meer gerichtet, das sie so viele Jahre ihres Lebens vermisst hatte, genau wie auf die kleine Insel mit dem roten Haus, auf der Marie jetzt stand. Es war Joakims Insel, obwohl er schon viele Jahre nicht mehr hier gewesen war. Einige Sommer lang war er gekommen, um in dem winzigen roten Holzhaus zu wohnen und die Schönheiten des Schärengartens zu genießen. Doch irgendwann kam er nicht mehr, niemand wusste, warum. Sein Name war geblieben. Joakims Insel. Marie schaute den Hügel hinauf zu Bettys Lieblingsplatz, der zu ihrer letzten Ruhestätte geworden war. Von dort oben aus konnte man über Loshavn und den Schärengarten blicken. Dort lag sie nun neben

Oda, ihrer besten Freundin aus einer anderen Zeit. Endlich waren die beiden wieder vereint. Oda und Lisbet, aufgewachsen im Dorf der weißen Häuser, hatte die Liebe kein Glück gebracht. Die Vergangenheit wog schwer – bis heute.

Marie sah zur anderen Seite der Bucht hinüber. Dort befanden sich die Reste der deutschen Verteidigungsanlage aus dem Zweiten Weltkrieg. Betty hatte ihr von dem Tag erzählt, der damals alles veränderte. Von dem Nationalfeiertag, als die Deutschen über ihren Hügel gekommen waren und Erich in ihr Leben getreten war. Die Liebe ihres Lebens, die sie verloren hatte, ebenso wie ihr gemeinsames Kind. Damals, als sie von einem deutschen Wehrmachtssoldaten schwanger war und beim Feind vermeintliche Hilfe fand. Marie dachte an Hurdal Verk. Heute war in dem Haus ein Internat untergebracht, damals war es ein Lebensbornheim gewesen. Ein Ort, der Frauen wie Lisbet und Oda Sicherheit zu versprechen schien. Doch wie trügerisch war diese gewesen. Am Ende sollte Oda ihr Leben verlieren und Lisbet ihre Tochter. Und auch Erich sollte sie niemals wiedersehen. Als er als einer der letzten Kriegsheimkehrer aus dem Osten zurückkam, hatte Betty die Suche nach ihm bereits aufgegeben und wieder geheiratet, so dass sich ihre Spur für Erich verlor. Aber Lieselotte, seine Tochter, fand er wieder. Sie lebte damals in einem Heim in der Nähe von Berlin. Marie hatte kaum Erinnerungen an Lieselotte Bauer, ihre Mutter, die bei einem Verkehrsunfall an einem sonnigen Tag im Herbst ums Leben gekommen war. Pflegefamilien und Heime waren die Folge für Marie gewesen. Ein rastloses Leben, das sie zu einer Getriebenen hatte werden lassen. Und dann war da plötzlich Betty, Lisbet, ihre Großmutter, der sie so ähnlich sah. Endlich ähnelte sie jemandem. Marie hielt an dem Gedanken fest, dass ihr Aufeinandertreffen mit Betty kein Zufall gewesen war. Das Schicksal fand manchmal sonderbare Wege, um Menschen zueinanderzubringen. Bei ihnen war der Umweg nur etwas größer gewesen. Und mochte der Schatten der Vergangenheit noch so düster sein und ihnen so viele Jahre gestohlen haben – wenigstens hatten sie und ihre Großmutter noch Zeit miteinander gehabt, und es war die Gewissheit, eine Familie zu haben, zurückgekehrt.

Marie kletterte in das kleine Boot, mit dem sie zu Joakims Insel gefahren war, und warf den Heckmotor an. Sein tuckerndes Geräusch im Ohr, ging es zurück zum Haus am Odde Berg. Während der Überfahrt zog es sich zu, und ein böiger Wind ließ das Boot schlingern. Marie fröstelte. Der erste Schnee lag in der Luft. Die alte Malin vom Haus nebenan hatte ihnen schon letzte Woche, als es noch außergewöhnlich mild gewesen war, den Wetterumschwung prophezeit. Sie spüre es in den Knochen, hatte sie gesagt. Dieses Jahr gäbe es einen harten Winter. Doch wie der Winter in Loshavn werden würde, war für Marie nicht mehr relevant, denn schon bald würde sie dem

Dorf der weißen Häuser den Rücken kehren. Ohne Betty wollte sie hier nicht mehr sein. Auch gehörte ihr das Haus nicht. Betty hatte es einer gemeinnützigen Organisation überlassen, die sich um Kinder aus schwierigen Verhältnissen kümmerte. Der Gedanke, dass hier bald Kinder Geborgenheit finden würden, gefiel Marie. Sie machte das Boot am Steg fest, lief die wenigen Stufen zur Veranda hinauf und wollte die Tür öffnen. Da erklang eine vertraute Stimme. Sie wandte sich um. Ihre Freundin Elin stand vor ihr.

»Grüß dich, Marie«, sagte sie auf Deutsch, das Elin genauso fließend sprach wie Norwegisch. Ihre Großmutter, bei der sie aufgewachsen war, hatte oft Deutsch mit ihr gesprochen. Sie und Elin führten ein kleines Café in Farsund direkt am Hafen. Marie half dort von Zeit zu Zeit aus. Das Café war trotz seiner Einfachheit ein wunderbarer Ort. Weißgestrichene Stühle und Tische, ein warmer Ofen, der die winterliche Kälte vertrieb, dazu Zimtschnecken, Glögg und Unmengen alter Fotografien an den Wänden, die die Geschichten der Gegend erzählten. Vor einigen Wochen war Elins Großmutter Jane jedoch ebenfalls gestorben, und seitdem mochte Elin das kleine Lokal nicht mehr öffnen. »Mit Oma hat das Café seine Seele verloren«, hatte sie erst neulich zu Marie gesagt.

»Hast du einen Moment?«, fragte Elin und trat näher.

»Sicher. Kaffee?«, fragte Marie.

Elin nickte. Die beiden gingen ins Haus, und Marie

füllte Wasser in den altmodischen Teekessel mit dem Blumenmuster, der auf dem Holzofen stand. Das Haus war größtenteils noch so wie vor sechzig Jahren eingerichtet. Eine Heizung gab es nicht. In der Küche war es der Holzofen, der für Wärme sorgte, in der Stube der Kamin. Für die oberen Räume, die früher gar nicht beheizt wurden, hatte Marie Heizlüfter angeschafft, sonst hätte sie die beiden Winter nicht überstanden. Gefroren hatte sie dennoch unentwegt. Für ein Mädchen aus Deutschland war der norwegische Winter in einem alten Holzhäuschen durchaus als Herausforderung zu betrachten. Aber eine Sache hatte sie trotz aller Kälte geliebt. Die Nordlichter. Das grünlich schimmernde Licht, das über den Himmel zu tanzen schien, war so unbeschreiblich schön, stundenlang konnte sie es betrachten. Sie würde es in Wiesbaden vermissen, ebenso wie den Schnee. Plötzlich dachte sie an Bettys Worte, die sie kurz nach ihrer ersten Begegnung in Wiesbaden gesagt hatte: »Das sind die beiden Dinge, die ich am meisten an Norwegen vermisse – das Meer und den Schnee. Richtigen Schnee, nicht die Matschbrühe, die hier alle drei heilige Zeiten vom Himmel fällt und gleich wieder davonschwimmt. Echten Schnee, der wie Watte aussieht, monatelang liegen bleibt und ganz anders riecht als dieses von Streusalz zerfressene Zeug.«

Heute verstand Marie, was Betty damals gemeint hatte. Hier war der Winter leiser, in das sanfte Weiß gehüllt, brachte er einen zur Ruhe. Oft hatte sie warm eingepackt mit einem Teebecher in der Hand auf der

Veranda gesessen, über den verschneiten Schärengarten geblickt und die frostig klare Luft eingeatmet. Diesen Winter wäre es wohl vorbei mit diesen stillen Momenten des Glücks. In Wiesbaden waren die Winter nasskalt und grau, zumeist ohne Schnee und natürlich ohne Nordlichter zum Bewundern.

Marie löffelte Instantkaffeepulver in zwei Becher, füllte sie mit Wasser, und die beiden setzten sich an den Küchentisch.

»Wann genau reist du ab?«, fragte Elin.

»Montag«, erwiderte Marie. »Ich kann fürs Erste bei Gertrud unterschlüpfen, bis ich was Eigenes gefunden habe. Für einige Monate wird das Geld von Betty reichen. So bleibt mir Zeit, zu überlegen, was ich nun machen will. Und du? Wirst du das Café wiedereröffnen?«

»Nein«, erwiderte Elin. »Ich habe darüber nachgedacht, denn Oma hätte es bestimmt gewollt. Aber das Haus war nur gemietet, und Björn hat mir gekündigt. Gerade eben habe ich das Schreiben aus dem Briefkasten gefischt. Er war zu feige, es mir ins Gesicht zu sagen. Seit über sechzig Jahren lebte meine Großmutter in dem Haus. Eine Kündigung stand niemals zur Diskussion.«

»Und wieso jetzt?«, hakte Marie nach.

»Weil er es verkaufen will. Irgendein Investor kauft gerade haufenweise Immobilien in der Region auf. Was genau er vorhat, weiß ich nicht. Björn war schon immer aufs Geld aus.«

»Und was nun?«, fragte Marie mit betroffener Miene.

»Ehrlich gesagt – keine Ahnung. Das Café war alles, was ich hatte. Bald werde ich nicht einmal mehr eine Wohnung haben. Oma hat immer gesagt, sie hätte das Haus Einar, Björns Vater, längst abkaufen sollen. Aber immer fehlte das nötige Geld. Und dann musste sie sich ja auch noch um mich kümmern, nachdem meine Mutter …« Elin sprach nicht weiter.

»… abgehauen ist«, vollendete Marie ihren Satz.

Elin nickte. »Und später gestorben, irgendwo in Kalifornien, wie wir erst ein halbes Jahr nach ihrem Tod erfahren haben.«

»Wir wissen beide, wovor sie weggelaufen ist«, kam Marie auf das zu sprechen, worüber Elin nicht reden mochte – den Lebensborn, den Krieg. Auch Elins Großmutter war eine der jungen Norwegerinnen gewesen, die sich in einen Deutschen verliebt hatten. Sie war jedoch trotz aller Anfeindungen in Farsund geblieben und nicht wie Betty in einem der Lebensbornheime der Deutschen gelandet. Vielleicht wäre dieser Weg auch für Betty der bessere gewesen. Dann hätte sie ihre Tochter Lieselotte behalten können, und ihr Geliebter Erich hätte sie nach Kriegsende wiedergefunden. Denn er hatte in Loshavn nach der jungen Norwegerin gesucht. Das hatte ihnen die alte Hedda erzählt, die inzwischen über neunzig Jahre zählte und sich noch gut daran erinnern konnte, wie der Deutsche aufgetaucht war und Fragen gestellt hatte, die ihm niemand beantwortete. Deutsche wollte hier keiner mehr haben. Für Betty war es viele Jahre später ein harter Schlag gewesen, zu erfahren, dass er nach Kriegsende in ihrem alten Heimatort gewesen war und nach ihr gesucht hatte. Zu diesem Zeitpunkt war Betty bereits verheiratet. Doch zeit ihres Lebens hatte sie sich vergebens bemüht, ihre erste große Liebe zu vergessen, ihr Kind, das die Deutschen ihr weggenommen hatten, und alles, was mit dem Krieg, dem Lebensborn und Norwegen zu tun hatte.

Elin nickte. »Sie ist vor der Vergangenheit und dem dummen Gerede der Leute davongelaufen. Mama hat nie verstanden, weshalb Oma mit mir noch Deutsch sprach. Sie hasste und verurteilte sie dafür. Aber Oma hat diesen Mann ihr Leben lang geliebt, obwohl er sie so betrogen und alleingelassen hat. Die deutsche Sprache verbindet mich mit ihm, hat sie mir einmal gesagt.«

»Vielleicht wollte er sie ja gar nicht alleinlassen«, sagte Marie. »Es könnte doch sein, dass es die Umstände waren, die dazu führten. Der Krieg hat so viele Menschen getrennt. Vielleicht stimmt es nicht, was deine Oma erzählte, oder es gab einen triftigen Grund, weshalb er sich nie wieder bei ihr gemeldet hat.«

»Wieso wohl sollte man eine Verlobung lösen, wenn nicht wegen einer anderen Frau?«

»Wir werden es nur erfahren, wenn wir ihn fragen.«

»Ich weiß nicht, ob ich das will«, entgegnete Elin. »Vermutlich ist er ohnehin nicht mehr am Leben.«

»Und wenn er es noch ist? Wir könnten Nachforschungen anstellen. Du weißt doch, dass meine Freundin Gertrud in Wiesbaden ...«

Weiter kam Marie nicht.

»Nein«, unterbrach Elin sie ruppig. »Ich hasse ihn. Er hat Oma und Mama damals im Stich gelassen. Wieso sollte ich nach all den Jahren Kontakt zu einem Mann aufnehmen, der uns nicht haben wollte? Der in all den Jahren nicht ein einziges Mal nach seinem Kind gefragt hat?«

»Vielleicht, weil es manchmal Gutes bringen kann, die Vergangenheit nicht ruhen zu lassen? Sieh mich an. Ich hätte Betty niemals gefunden, wenn ich nicht zu suchen begonnen hätte.«

»Dir kam der Zufall zu Hilfe«, antwortete Elin, zog eine Grimasse und nippte an ihrem Kaffee.

Marie lächelte und erwiderte: »Vielleicht. Manchmal sind es aber auch gute Freunde, die einem zu Hilfe kommen.« Sie machte eine kurze Pause und fügte hinzu: »Oder die Dinge tun, die sie lieber bleibenlassen sollten.«

»Die da wären?«, hakte Elin nach.

»Ich habe Gertrud gebeten, in Deutschland nach deinem Großvater zu suchen«, gestand Marie.

»Du hast was?« Elin stellte ihren Kaffeebecher auf den Tisch und sah Marie entgeistert an. »Wieso tust du so etwas?« Sie stand auf, und ihre Stimme wurde laut. »Wieso gräbst du ohne Erlaubnis in der Vergangenheit anderer herum? Ist dir deine nicht schon schrecklich genug?«

»Sie hat ihn gefunden«, sagte Marie, ohne auf Elins Worte einzugehen.

»Es ist mir egal, was sie hat«, schleuderte Elin ihr entgegen. »Er hat meine Großmutter damals mit dem Kind im Stich gelassen. Und sie hat niemals aufgehört, an ihn zu denken. In der Schublade ihres Nachttisches liegt diese gottverdammte Fotografie von ihm, auf der er meine Mutter im Arm hält. Er hat ihr so weh getan, hat uns weh getan. Ich will ihn nicht sehen. Und ich dachte, du wärst eine Freundin.«

Ohne ein weiteres Wort verließ Elin das Haus und schlug laut die Tür hinter sich zu. Marie beobachtete, wie sie die Stufen der Veranda hinuntereilte. Sie wusste, dass Elin wiederkommen würde. Ihr Großvater war ein Teil ihrer selbst, und Jane hatte ihn geliebt. Einmal hatte sie Marie davon erzählt, wie sie ihn, sein Name war Wilhelm, damals kennengelernt hatte. Bei einer Tanzveranstaltung in Farsund. Er war so nett und höflich gewesen, verstand etwas von Lyrik, rückte ihr den Stuhl zurecht, lachte mit ihr und erzählte von seiner Heimat. Er stammte aus einem kleinen Dorf in der Nähe von Aschaffenburg. Es lag in einem Waldgebiet namens Spessart, das Jane so gern einmal gesehen hätte. Doch sie sollte dort niemals hinkommen. Die Verlobung hatte er nach seiner Rückkehr aus Russland per Brief gelöst. Danach hatte sie nie wieder von ihm gehört. Wilhelms und Janes Liebesgeschichte hörte sich an wie eine von vielen aus jener Zeit. Janes Augen hatten stets einen ganz eigenen Glanz gezeigt, wenn sie von Wilhelm gesprochen hatte. Die Zeit mit ihm sei die schönste ihres Lebens gewesen. Sie hatte niemals geheiratet. Niemand hätte seinen Platz einnehmen können.

Marie bemerkte, dass erste Schneeflocken vom Himmel fielen. Sie lächelte. Auf die Knochen der alten Malin war Verlass. Sie trat vom Fenster zurück und stellte die beiden Tassen in die Spüle. Dann setzte sie sich mit ihrem Laptop in der Stube auf die Ofenbank und begann im Internet nach Stellenangeboten in Wiesbaden zu suchen. Wonach sie Ausschau halten sollte, wusste sie nicht so recht. Es gab viele Anzeigen aus dem Gastgewerbe, hauptsächlich für Bedienungen. Eine Firma suchte eine Bürohilfe. Und wenn sie doch eine Ausbildung begänne? Bloß als was?

Irgendwann klappte sie den Laptop zu und ließ ihren Blick durch den Raum schweifen. Der alte Ofen, die Bilder an den Wänden, der Tisch und die Eckbank am Fenster, auf der schon ihre Urgroßeltern gesessen hatten. Bald würde sie das alles hinter sich lassen. Vielleicht hätte sie Betty doch bitten sollen, ihr das Haus zu überlassen. Doch wie sollte es hier für sie weitergehen? Die letzten Monate hatte sie mit Betty in den Tag hineingelebt, Norwegen und ihre Wurzeln in sich aufgesaugt und den Rest der Welt ausgeblendet. Viele Stunden des Tages hatten sie Schach gespielt, weil Betty es so liebte. Auf der Terrasse ihren Geschichten aus einer anderen Zeit gelauscht. Zwar war ihre Großmutter nun fort, doch ihre Gegenwart blieb stets allgegenwärtig, so dass Marie erst gestern den ganzen Tag in ihrem Zimmer auf dem Bett gelegen und geweint hatte. Loshavn mit seinen weißen Häusern und der Schärengarten erinnerten sie so sehr an Betty. Nun galt es, die Vergangenheit hinter sich zu lassen und neu anzufangen. Herauszufinden, was sie aus ihrem Leben machen, wer sie sein wollte.

Draußen sprang die Lampe der Veranda an. Sie hatte einen Bewegungsmelder. Es klopfte an der Tür. Elin. Sie war schneller zurückgekommen als gedacht. Marie ging zur Tür und öffnete ihr.

»Könntest du dir vorstellen, dass ich mit nach Deutschland komme?«, fragte Elin ohne ein Wort der Begrüßung und betrat den Raum. Sie machte einen recht eingeschneiten Eindruck, was Marie an ihre erste Begegnung mit Elin erinnerte. Es war kurz vor Weihnachten, als sie vor einem starken Schneeschauer Schutz suchend in dem Café von Elin und ihrer Großmutter gestrandet war. Elin hatte sofort bemerkt, dass sie Deutsche war, und sie waren ins Gespräch gekommen. Marie erinnerte sich gern an diesen Nachmittag in dem gemütlich warmen kleinen Gastraum mit seinen wenigen, mit Tannenzweigen und Kerzen schlicht dekorierten Tischen, den alten Schwarzweißbildern an den Wänden und dem Kaminofen, auf dem sich allerlei bunte Trolle tummelten. Sie hatten viel geredet, Janes leckere Zimtschnecken gegessen und Glögg getrunken. Schnell waren sie auf ihre gemeinsame Vergangenheit gekommen, und als Marie das Schild *Aushilfe gesucht* im Schaufenster entdeckte, hatte sie damals spontan gefragt, ob sie die Stelle haben könne.

»Und wie ich mir das vorstellen kann«, antwortete Marie nun lächelnd und bot Elin einen warmen Tee an.

Kapitel 2

Frankfurt

Jetzt bin ich also wieder hier, dachte Marie. Am Frankfurter Flughafen. Alles auf Anfang. Deutschland empfing sie mit kühlem Herbstwetter. Zehn Grad und Nieselregen. So ähnlich fühlte sich auch ihre Stimmung an.

Der Abschied von Loshavn war ihr schwergefallen. Dort hatte heute Morgen die Sonne geschienen, und von dem gefallenen Schnee waren nur noch wenige Reste übrig geblieben. Zum letzten Mal war sie zu dem Felsen auf dem Hügel gelaufen, neben dem Betty und Oda beerdigt waren. Sie hatte ihren Blick über den Schärengarten schweifen lassen, der im goldenen Licht des Herbstmorgens vor ihr gelegen hatte. Betty war wieder zu Hause, sie war an ihrem Lieblingsplatz, mit Oda vereint. Ein letztes Mal hatte sie geweint, leise, nur für sich. Um Betty, die verlorene Zeit, um ihre Mama, die ihre richtige Mutter niemals hatte kennenlernen dürfen. Irgendwann war Marie aufgestanden und zurück ins Haus am Odde Berg gegangen. Den Schlüssel übergab sie einer Nachbarin. Das Taxi kam und brachte sie in die Welt hinter dem Hügel. Nach Farsund, wo Elin wartete, die ebenso bedrückt wie sie selbst dreinblickte. Gemeinsam waren sie mit dem Bus nach Kristiansand zum Flughafen gefahren. Die Reise hatte sich in die Länge gezogen, denn Direktflüge nach Frankfurt gab es nicht. Drei Stunden hatten sie auf dem Amsterdamer Flughafen die Zeit totgeschlagen, bis es endlich weiterging.

Und nun waren sie wieder hier. Maries Blick wanderte über das Rollfeld, das im Dämmerlicht des nahenden Abends versank. Ein Flugzeug rollte gerade Richtung Startbahn, ein weiteres kam an. Ein Kommen und Gehen, Menschen, die abreisten, sich verabschiedeten, wiederkamen. Sie mochte Flughäfen und Bahnhöfe. An solchen Orten herrschte eine besondere Art von Betriebsamkeit, sie kamen nie zur Ruhe.

»Zur Gepäckausgabe müssen wir hier entlang«, sagte Elin, die neben ihr lief. »Ganz schön groß, dieser Flughafen, und so voller Menschen. Daran muss ich mich erst noch gewöhnen.« Ihre Stimme klang unbekümmert, doch ihr Gesicht verriet ihre Anspannung. Vermutlich wäre ich es an ihrer Stelle auch, dachte Marie. Elin hatte die meiste Zeit ihres Lebens in Farsund verbracht, nur wenige Male war sie bis Kristiansand gekommen. Der Trubel des internationalen Knotenpunktes schien sie zu erschlagen.

Sie erreichten das Gepäckband und warteten auf ihre Koffer.

»Und du denkst, dass es die richtige Entscheidung war?«, fragte Elin, während sie eine Mutter bedauernd dabei beobachtete, wie sie, ein schreiendes Baby auf dem Arm, ihren Koffer vom Gepäckband hievte.

»Ja, das war es. Es wird dir guttun, Antworten zu finden. Und vielleicht kannst du dann mit dem Thema ohne Groll abschließen. Es ist nicht gut, solche Dinge aus der Vergangenheit mit sich herumzuschleppen.«

»Obwohl es mich eigentlich gar nicht betrifft«, erwiderte Elin.

»Wenn das so wäre, wärst du jetzt nicht hier«, entgegnete Marie und deutete nach vorn. »Da kommt einer meiner Koffer. Wenn wir alles haben, müssen wir zur S-Bahn. Gertrud wartet bestimmt schon auf uns. Du wirst sie mögen.«

Es dauerte nicht lange, bis das restliche Gepäck kam. Die beiden machten sich auf den Weg zur S-Bahn. Als diese den Flughafenbahnhof verließ, war es endgültig dunkel.

»Du wirst Wiesbaden also bei Nacht kennenlernen«, sagte Marie.

»Wie ist die Stadt?«

»Ganz okay, auf jeden Fall deutlich ruhiger und übersichtlicher als Berlin. Allerdings wird sie dir vermutlich riesig vorkommen. Sie ist die Landeshauptstadt von Hessen. Es gibt schöne alte Stadthäuser, ein Staatstheater und großzügige Parkanlagen. In einer von ihnen habe ich mit Betty immer Schach gespielt. Im sogenannten *Warmen Damm*. Sie hat es geliebt, wenn wir dort waren. Das Altenheim mochte sie gar nicht.«

»Wer mag schon Altenheime«, erwiderte Elin. »Oma hat immer gesagt, keine zehn Pferde würden sie in einen solchen Schuppen bringen. So war es am Ende ja auch. Sie starb in ihrer geliebten Küche vor dem Backofen. Noch immer habe ich ihre letzten Worte im Ohr. Elin, hat sie gesagt. Mir geht es gerade nicht so gut. Dann lag sie auch schon tot auf dem Fußboden. Und das Letzte, was sie von mir hörte, war: Was hast du gesagt?« In Elins Augen traten Tränen.

Marie nahm ihre Hand und drückte sie.

»Sie wusste genau, wie viel sie dir bedeutet hat. Und ich bin sicher, auf irgendeine Weise wird sie für immer mit dir verbunden bleiben.«

»Ja, das glaube ich auch.« Elin bemühte sich um ein Lächeln. »Es ist nur …« Sie stockte. »Sie fehlt mir so sehr. Ihre Stimme, ihr Lachen, der Duft ihrer Zimtschnecken. Sogar ihr Gemecker vermisse ich. Ich weiß, sie war schon siebenundachtzig. Und wir wussten um das Schlaganfallrisiko. Aber ein paar Jahre länger hätte sie ruhig noch bei mir sein können.« Elin seufzte.

Den Rest der Fahrt sprachen sie kaum noch. In Wiesbaden angekommen, verließen sie den Bahnhof durch den Haupteingang und stiegen in einen Stadtbus, der sie in die Taunusstraße beförderte. Von dort aus war es nicht mehr weit bis zu Gertruds Wohnung, die in einem Altbau in einer schmalen Nebenstraße lag.

Marie las den Namen auf der Klingel, bevor sie sie drückte. *G. Kugler* stand darauf. Plötzlich hatte sie ihre erste Begegnung mit Gertrud vor Augen. Es war im Schwesternzimmer des Altenheims gewesen, in dem sie ihr Freiwilliges Soziales Jahr gemacht hatte. Im Haus Sonnenschein, das ihr Leben verändert hatte, denn dort war sie Betty begegnet. Gertrud hatte sie nur knapp gegrüßt und schnell ihren Kaffee geleert. Schüchtern und zurückhaltend hatte sie gewirkt, eine unscheinbare Frau. Dass sie einmal so eng mit ihr befreundet sein würde, hätte Marie damals nicht gedacht. Neben Betty war Gertrud eine ihrer wichtigsten Bezugspersonen und nun ihre Zwischenstation auf dem Weg in ein neues Leben. Der Türsummer ging, und sie betraten das Treppenhaus, in dem ihnen eine Mischung aus Essengerüchen, Bohnerwachs und Zigarettenrauch entgegenschlug. Gertrud wohnte parterre, was ihnen das Kofferschleppen in eines der oberen Stockwerke ersparte. Sie stand lächelnd in der Tür. Bei ihrem Anblick erfasste Marie ein warmes Glücksgefühl. Sie stellte ihren Koffer ab und ließ sich von der rundlichen Frau umarmen, die nach gebratenem Fett duftete, was ihr vollkommen gleichgültig war.

»Marie, Liebes«, sagte Gertrud. »Es ist so schön, dich wieder hier zu haben.«

Sie löste sich aus der Umarmung, und ihr Blick blieb an Elin hängen.

»Sie müssen Elin sein. Ich bin Gertrud. Schön, Sie

kennenzulernen. Oder wollen wir du sagen? Ist einfacher. Kommt rein, ihr beiden. Ich habe gekocht. Nach der langen Reise müsst ihr doch hungrig sein. Es gibt Spaghetti bolognese und zum Nachtisch ein Tiramisu, das mir Sofia von der Pizzeria gegenüber gebracht hat. Sie meinte, zur Begrüßung meiner Marie müsste ich etwas Besonderes auftischen. Carlos hat uns sogar noch eine Flasche Rotwein geschenkt. Ich soll dich unbekannterweise von den beiden grüßen. Sie sind sehr nett, du wirst sie mögen.«

»Danke«, antwortete Marie lächelnd.

»Ich habe schon euer Zimmer hergerichtet. Marie, du kannst auf dem Sofa schlafen. Leider lässt es sich nicht ausklappen. Aber von einer Nachbarin konnte ich noch ein Gästebett für dich organisieren, Elin. So ein aufblasbares Ding.« Sie ging den langen Flur hinunter, der nur dürftig von einer Lampe erhellt wurde, die auf einer Kommode stand.

Elin und Marie folgten ihr und betraten den kleinen Raum, in dem ein schief stehender Deckenfluter für Licht sorgte. Vor dem Fenster hingen Gardinen mit Blümchenmuster, die Wände zierten Ölgemälde, die den nahen Rheingau zeigten. Maries Schlafplatz war ein schon etwas in die Jahre gekommenes braunes Sofa. Das Bettzeug war geblümt und rosa. Dem Sofa gegenüber lag das aufgeblasene Bett für Elin, eine Decke mit demselben Bettzeug darauf.

»Ich hoffe, es ist recht so«, sagte Gertrud.

»Es ist wunderbar«, antwortete Marie.

»Richtig gemütlich«, beeilte sich Elin zu sagen. »Und hier ist es so schön warm.«

»Die Heizung läuft schon«, erwiderte Gertrud. »Letzte Woche hat sie der Hausmeister wegen der Kälte eine Woche früher als üblich angestellt, nachdem wir uns beschwert haben.«

Marie warf Elin einen kurzen Blick zu. Elin grinste. Beide waren ganz andere Temperaturen gewohnt.

»Ich geh in die Küche und decke den Tisch. Ihr könnt euch schnell frisch machen. Gegenüber liegt das Badezimmer. Dann können wir essen.« Gertrud verließ den Raum.

»Sie ist genau so, wie du sie beschrieben hast«, sagte Elin zu Marie, als Gertrud außer Hörweite war. »Sehr liebenswert, und sie mag es sehr warm. Wie hoch wird die Raumtemperatur sein? Fünfundzwanzig Grad?«

»Vermutlich.« Marie grinste, ging zur Heizung, legte ihre Hand darauf und zog sie sogleich wieder zurück. »Die kocht ja regelrecht.« Sie drehte das Thermostat runter und stellte das zum Innenhof hinausgehende Fenster auf kipp.

»Eine Nacht bei minus zwanzig Grad im Haus am Odde Berg, und die liebe Gertrud wäre erfroren.«

»Obwohl du Frostbeule auch einen Heizlüfter im Schlafzimmer stehen hattest«, sagte Elin grinsend. »Bist eben doch keine richtige Norwegerin.«

»Um die Nächte ohne den Lüfter zu überleben, hätte ich wohl noch drei Winter mehr gebraucht«, sagte Marie lächelnd. »Aber diese Zeit war mir nicht vergönnt.« Im letzten Satz schwang ein Hauch Wehmut mit, der ihre gute Stimmung dämpfte. Einen Moment lang schwiegen beide.

»Komm. Lass uns essen gehen«, sagte Marie dann. »Gertrud wartet bestimmt schon auf uns. Auspacken können wir später.«

Elin nickte. Sie verließen das Zimmer und gingen in die geräumige Wohnküche, die im Landhausstil eingerichtet war. Es gab einen großen Holztisch, dazu eine gemütliche Eckbank und eine alte weißgestrichene Anrichte, die das Flair der Fünfziger verbreitete. Das Radio dudelte, in einer Laterne auf der Fensterbank brannte eine Kerze. Auf der Eckbank lag eine schwarz-weiß getigerte Katze, die träge den Kopf hob, um die Neuankömmlinge genauer zu betrachten.

»Das ist Ferdinand«, stellte Gertrud ihren Mitbewohner vor. »Er gehörte einer alten Dame, die, kurz bevor ich in Rente ging, zu uns ins Heim kam. Wenn ich ihn nicht genommen hätte, wäre er im Tierheim gelandet. Frau Möller war so dankbar, dass ich ihm ein Zuhause gab. Leider weiß die arme Frau inzwischen gar nicht mehr, dass sie einen Kater hatte. Demenz. Es ging ganz schnell. Innerhalb weniger Monate hat sie abgebaut. Erst letzte Woche habe ich sie besucht, aber sie hat auch mich nicht mehr erkannt.« Gertrud schüttelte den Kopf und fragte Marie, ob sie den Wein öffnen könne. Dann schaufelte sie Unmengen von Nudeln auf die Teller und gab reichlich Fleischsoße darüber, stellte alles auf den Tisch, dazu eine Schüssel mit Parmesan, und setzte sich. Marie schenkte Rotwein ein, und sie begannen zu essen.

»Es schmeckt köstlich«, sagte Elin und streute noch mehr Parmesan über ihre Nudeln.

»Das freut mich«, antwortete Gertrud mit einem Lächeln. »Es ist noch genug für Nachschlag da. Aber denkt an das Tiramisu. Dafür muss noch Platz sein.« Dann sagte sie zu Marie: »Ich wäre so gern zu Bettys Beerdigung gekommen. Aber ich Trottel musste mir ja ausgerechnet dann den Fuß verknacksen. Und damit hätte ich die Reise nicht machen können.«

»Wenn es nicht geht, ist es eben so«, erwiderte Marie. »Auch ohne Bänderriss wäre die Anreise für dich doch zu weit gewesen. Betty hätte dich für verrückt erklärt. Es war eine schöne Zeremonie, aber sehr kurz. Und wir waren nur zu zehnt. Einige Leute aus dem Dorf, Elin und ihre Oma. Auch Bente Gudding aus Hurdal Verk war gekommen. Später haben wir bei mir Kaffee getrunken und bis in den Abend zusammengesessen und geredet. Eine ältere Frau aus dem Dorf hat uns von Oda und Lisbet aus der Zeit erzählt, als sie noch Kinder gewesen waren. Die alte Malin. Sie ist etwas jünger als Betty und hat Betty noch zusammen mit Erich erlebt. Er war sehr charmant, hat sie gesagt. Ganz anders als die anderen jungen Männer des Ortes damals.«

»Das hat meine Oma auch immer gesagt«, meinte

Elin. »Wilhelm sei so gebildet gewesen, habe richtige Manieren gehabt. So etwas kannte man unter den Einheimischen nicht.«

»Damit sind wir beim Thema«, sagte Gertrud. »Wie du von Marie weißt, engagiere ich mich inzwischen in einem Verein, der sich deutschlandweit um die Belange von Hinterbliebenen des Lebensborns bemüht, besonders derer aus Norwegen. Wir sind gut vernetzt und kommunizieren viel über Mail und Social Media. Ich habe deinen Großvater gefunden. Wilhelm Kreuzer. Er wohnt in einer Einrichtung für betreutes Wohnen in Aschaffenburg. Das ist von hier ungefähr neunzig Kilometer entfernt. Es hat eine Weile gedauert, bis wir ihn gefunden haben. Eine Mitstreiterin aus der Nähe von Würzburg hat ihn ausfindig gemacht und mir seine Daten weitergegeben. Das Kellerarchiv im Haus Sonnenschein wurde inzwischen aufgelöst, und die alten Akten sind ins Wiesbadener Staatsarchiv gebracht worden. Wo sie auch deutlich besser aufgehoben sind.« Ihr Blick wanderte zu Marie, die nickte. Sie dachte daran, wie sie gemeinsam mit Gertrud in den hinteren Teil des Kellers gegangen war, um Antworten zu finden. Dorthin hatten sie die unrühmliche Vergangenheit des Haus Sonnenschein verbannt. Den Lebensborn, das Haus Taunus aus dem Krieg, von dem niemand mehr etwas wissen wollte. Sie erinnerte sich noch genau, wie sie damals zum ersten Mal Bettys Tagebuch in Händen gehalten hatte, das über Umwege zu ihr gekommen war. Darin befanden sich die Fotografie von Betty und ein Verweis auf das Haus Sonnenschein. Ohne Gertrud, die dort seit mehr als vierzig Jahren arbeitete und die unrühmliche Vergangenheit des Ortes kannte, hätte sie vermutlich niemals herausgefunden, dass Betty ihre Großmutter war. Die Akte von ihrer Mutter hatte sich in diesem Keller gefunden und mit ihr Antworten auf Maries Fragen. Es war gut, dass die Unterlagen endlich in einem richtigen Archiv gelandet waren, wo jeder Zugang dazu hatte. Menschen wie sie, die nach ihren Vorfahren suchten, die nicht wussten, woher sie eigentlich stammten.

»Leider sind die Angehörigen, die wir ausfindig machen können, meist verstorben«, sagte Gertrud. »Aber manchmal haben wir Glück. So wie in deinem Fall. Dein Großvater ist im Januar 1945 aus dem Osten als Verwundeter nach Deutschland gebracht worden und nicht mehr an die Front zurückgekehrt. Warum genau und was ihm fehlte, war in den Akten nicht verzeichnet. Er ist dann in seinem Heimatdorf geblieben und hat dort eine kleine Schreinerei betrieben, hauptsächlich für Schnitzarbeiten, Heiligenfiguren für Kirchen und so etwas.«

»Meine Güte, was du alles herausgefunden hast«, antwortete Elin erstaunt.

»Wir können ihn also aufsuchen, und du kannst ihn kennenlernen«, sagte Marie freudig. »Oder ist er etwa krank oder in schlechter Verfassung?« Sie sah Gertrud fragend an.

»Nein, ist er nicht«, antwortete diese. »Meine Kollegin hat in der Einrichtung angerufen und sich nach ihm erkundigt. Sie gab an, eine entfernte Nichte zu sein, die ihren Großonkel besuchen wolle. Die Betreuerin war wohl sehr redselig und meinte, dass er sich gewiss freuen würde.«

»Redselig trifft es«, erwiderte Marie und schüttelte den Kopf.

»Ich weiß«, sagte Gertrud, die Maries Reaktion zu deuten wusste. »Eigentlich darf sie natürlich am Telefon keine persönlichen Details an Fremde geben. Im Haus Sonnenschein haben wir das damals anders gehandhabt. Aber gut. In unserem Fall hat es uns weitergeholfen. So fahren wir wenigstens nicht umsonst hin.« Sie sah zu Elin. »Wenn ich überhaupt mitkommen soll. Ich meine, ich kann schon verstehen, dass …«

»Nein, nein«, ließ Elin sie nicht ausreden. »Ich fände es gut, wenn du auch dabei wärst. Und Marie natürlich. Allein traue ich mich niemals dorthin. Ich frage mich ehrlich gesagt schon, ob diese Reise wirklich eine gute Idee war. Was ist, wenn er mich nicht sehen will? Er hat damals die Verlobung mit meiner Oma per Brief gelöst und niemals nach meiner Mutter gefragt. Sie müssen ihm doch ganz und gar gleichgültig gewesen sein.«

»Ich kann deine Zweifel verstehen, meine Liebe.« Sanft legte Gertrud ihre Hand auf die von Elin. »Viele Angehörige denken so wie du. Aber vielleicht freut er sich, dich zu sehen. Wir wissen nicht, was ihn dazu brachte, die Verlobung zu lösen. Er kam damals verwundet aus Russland zurück, es herrschte Krieg. Nur er kann deine Fragen nach dem Warum beantworten.«

Elin nickte. »Ich weiß. Nur frage ich mich, was meine Oma jetzt denken würde. Sie hat ihn ihr Leben lang geliebt und vermisst. Deshalb hat sie auch immer deutsch mit mir gesprochen. Sie hat immer gehofft, dass er eines Tages ins Café käme. Und wenn ich dann kein Deutsch spreche, hat sie gesagt, dann versteht er mich doch nicht.«

Marie rührten Elins Worte. Sie dachte an Betty. Niemals hatte sie ihre Tochter, die ihr die Deutschen weggenommen hatten, vergessen können. Um ihr wenigstens am Ende nahe zu sein, hatte sie sich im Haus Sonnenschein einquartiert, wo Lieselotte nach der Geburt hingebracht worden war und die ersten beiden Jahre ihres Lebens verbracht hatte. Es war eine tiefe Sehnsucht in den Menschen, an Geliebtem festzuhalten.

»Er wird dich verstehen«, sagte Marie. »Und ich bin mir sicher, dass er sich freuen wird, dich zu sehen.«

Elin nickte. »Darauf hoffe ich.«

»Und jetzt gibt es Nachtisch«, sagte Gertrud und stand entschlossen auf.

Elin sah zu Marie, die lächelte. Die beiden hatten es gerade so geschafft, ihre Spaghetti aufzuessen.

Doch an ein Entkommen war nicht zu denken. Sie halfen Gertrud beim Tischabräumen, und kurz darauf standen übergroße, aber köstliche Tiramisustücke vor ihnen.

»Deine italienischen Nachbarn können gern öfter Nachtisch vorbeibringen«, sagte Marie und schob sich genüsslich ein Stück der süßen Pracht in den Mund.

»Das ist der Mascarpone«, erklärte Gertrud. »Sofia meinte, sie nehmen original italienischen. Genauso wie beim Amaretto. Etwas anderes käme nicht in Frage.«

Marie lächelte, und schon wieder kam eine Erinnerung in ihr hoch. Sie sah sich mit Betty im Café Maldaner sitzen und hörte ihre Stimme. *Dein mickriger Kuchen sieht nicht so aus, als würde er glücklich machen*, hatte sie damals gesagt. Davor waren sie in der Parkanlage *Am Warmen Damm* gewesen und hatten Schach gespielt. Betty liebte diesen Ort und war stets traurig darüber, wenn das Wetter ihnen ein Spiel im Park verdorben hatte.

»Betty hätte dieses Tiramisu geliebt«, sagte Marie und bat Gertrud um Nachschlag, obwohl sie das Gefühl hatte, gleich zu platzen. »Denn es macht glücklich. Und vom Glück kann man nie genug bekommen.«

Kapitel 3

Wiesbaden

Am nächsten Morgen saß Elin am Küchentisch vor einem Becher Tee und blätterte in dem alten Rezeptbuch ihrer Großmutter. Sie war wie jeden Tag um vier Uhr morgens wach geworden und konnte nicht mehr einschlafen. Also war sie aufgestanden und in die Küche getapert, wo Ferdinand ihr um die Beine strich, der sich von ihr Futter erhoffte. Im Kühlschrank fand sich eine halbe Dose Katzenfutter, das sie ihm in seinen Napf füllte. In Windeseile hatte der Kater sein Frühstück verzehrt und leistete ihr nun schlafend auf der Eckbank Gesellschaft.

Wehmütig blätterte Elin die Seiten des Rezeptbuchs durch. Die meisten stammten noch von ihrer Urgroßmutter. Da Elin fast alle Rezepte selbst ausprobiert hatte, wusste sie, dass ihre Zimtschnecken am besten waren, *Kanelsnurrer*, wie sie auf Norwegisch hießen. Dafür war ihr Café weit über Farsund hinaus bekannt gewesen. Dazu gab es natürlich ein Rezept für Waffeln, *Vafler*, das aus einer alten Seemannskirche stammte. Seit bald einhundertfünfzig Jahren gab es nun schon die Tradition, dass die norwegischen Seemannskirchen in aller Welt mit ihren

Waffeln Herzenswärme verbreiteten, weshalb die Waffeln auf Norwegisch auch *Hjertevarme* genannt wurden. Inzwischen konnte sogar im Internet darüber abgestimmt werden, welche Seemannskirche das beste Vaflerrezept hatte. Auch das Rezept des norwegischen Nationalkuchens fehlte nicht, des *Kvæfjordkake*, einer Art Baisertorte mit Vanillecreme. Dazu gab es noch Anleitungen für Apfel- und Honigkuchen und für die *Totenkringler*, ein Hefegebäck, das natürlich nichts mit Toten zu tun hatte, sondern aus der Region Toten im Osten Norwegens stammte. Und es gab das Rezept für die *Boller*, Milchbrötchen, die die Kinder stets auf dem Weg zur Schule bei ihnen gekauft hatten.

Elin strich über die handgeschriebenen Zeilen ihrer Urgroßmutter, und Tränen stiegen ihr in die Augen. Eine fiel aufs Papier. Hastig wischte sie sie fort. Nichts sollte dieses Buch beschmutzen, das für sie einen wertvollen Schatz voller Erinnerungen darstellte. Noch vor kurzem hätte sie um diese Zeit die ersten Boller an die Kinder verkauft, ihre Oma gerade die frisch gebackenen Kuchen in die Auslage gelegt. Die Gerüche von Zimt und Kardamom wären ihr um die Nase geweht, während es langsam hell würde. Vor allem im Winter hatte sie ihr kleines Café geliebt. Wenn es draußen kalt und dunkel war und heftig schneite, dann wurde es erst richtig gemütlich. Der Ofen bollerte, die Stammkundschaft kam auf ein Schwätzchen vorbei, und der alte Börre lobte stets ihren Mittagstisch. Die Fischfrikadellen mochte er am liebsten. Auch dieses Rezept fand sich in dem Rezeptbuch, genauso wie das für Labskaus. Im Sommer waren viele Touristen gekommen, bei schönem Wetter hatten sie Stühle vors Haus gestellt.

»Hier steckst du«, riss Marie sie aus ihren Gedanken. Ihr Eintreten ließ auch Ferdinand aufmerken. Er sah Marie kurz an, legte seinen Kopf jedoch gleich wieder ab.

»Ich bin schon eine Weile wach«, antwortete Elin. »Die innere Uhr lässt sich nicht so schnell umstellen.«

»Du blätterst in dem Rezeptbuch deiner Oma«, sagte Marie, während sie Gertruds Kaffeemaschine befüllte und sich in den Schränken auf die Suche nach einer Tasse machte.

»Ich musste gerade daran denken, dass jetzt immer die Kinder kamen, um ihre Boller für die Schule abzuholen.« Elin lächelte wehmütig.

Maries Blick wanderte zu einer über der Eckbank hängenden Uhr, und sie nickte. »Richtig. Innerhalb weniger Minuten waren wir ausverkauft. Wehe dem, der zu spät kam, der musste die teureren Zimtschnecken nehmen.«

»Obwohl Oma für die Nachzügler meistens eine eiserne Reserve in der Backstube zurückbehielt«, erwiderte Elin. »Nur weil jemand nicht so schnell rennen kann, muss er nicht auf seinen Boller verzichten, sagte sie immer.«

»Sie war ein so liebenswerter Mensch«, sagte Marie und drückte auf die Starttaste der Kaffeemaschine. Sofort verbreitete sich Kaffeeduft im Raum.

»Das war sie«, antwortete Elin, erneut mit den Tränen kämpfend. Marie rührte ihr Anblick. Sie wusste, wie hart Elin der Verlust von Jane, aber auch der Rauswurf aus dem Café trafen. Wenn sie dort hätte bleiben können, hätte sie nicht aufgegeben, denn das Café war ihr Lebensinhalt gewesen. Sie war in Farsund aufgewachsen und kannte kein anderes Leben.

Maries Blick wanderte in den düsteren Hinterhof, in dem ein einsamer Ahornbaum stand, dessen Blätter sich bunt verfärbten, ein Großteil von ihnen lag schon auf dem Boden. Wie hielt Gertrud diesen grauen Anblick nur Tag für Tag aus? Plötzlich verspürte sie die Sehnsucht nach dem Schärengarten in sich, wünschte auch sie sich in das Café am Hafen nach Farsund zurück. Dort würden im Laufe des Vormittags die Fischer mit ihrem Fang eintreffen. Viele von ihnen kannte sie, oftmals kamen sie auf einen Schwatz zu ihnen ins Café. Auf einen Tee mit Rum, der die Seele wärmt. Wie sollte es nun weitergehen? Für sie selbst, für Elin?

»Wir wissen beide nicht, was wir jetzt machen sollen, nicht wahr?«, erriet Elin ihre Gedanken.

Marie nickte. Sie goss Milch in ihren Kaffee und setzte sich ihr gegenüber. »Es ist sonderbar«, sagte sie. »Als Betty bei mir war, wusste ich immer, wie der nächste Tag aussehen würde. Sie hat mir Halt gegeben. Jetzt scheint es, als hätte ich ihn verloren.«

»Hätte Oma das Haus doch bloß gekauft. Dann hätte Björn mich nicht rauswerfen können«, sagte Elin. »Du wärst zu mir nach Farsund gezogen, und wir hätten weitergemacht.«

»Das wäre schön gewesen«, erwiderte Marie. »Und wir hätten die besten Zimtschnecken von ganz Norwegen verkauft.«

»Ja, das hätten wir«, antwortete Elin mit einem Lächeln.

»Also wenn das in dem Buch da die besten Zimtschnecken von Norwegen sind, dann sollten wir bald welche backen«, sagte plötzlich Gertrud, die gerade den Raum betrat. »Guten Morgen, die Damen. Ihr seid reichlich früh auf den Beinen, wenn ich das bemerken darf.« Sie machte sich ebenfalls einen Kaffee und setzte sich zu den beiden. »Kannst du dich noch an die Zimtschnecken von dieser reizenden alten Dame erinnern, die wir auf der Suche nach Betty damals in Norwegen besucht haben, Marie? Die schmeckten herrlich. Und sie war so freundlich und hat uns noch eine ganze Schachtel für die Fahrt mitgegeben.«

»Ja, ich erinnere mich«, erwiderte Marie. »Die Zimtschnecken, die du beinahe komplett allein aufgefuttert hast.«

»Du wolltest ja keine haben«, verteidigte sich Gertrud. »Wer zu spät kommt, den bestraft das Leben.«

»Ist wie bei den Bollern«, sagte Elin und zwinkerte Marie zu.

»Bollern?«, wiederholte Gertrud und sah von einer zur anderen.

»Milchbrötchen«, übersetzte Marie. »Sehr lecker.«

»Ich sehe schon«, sagte Gertrud, »in den nächsten Tagen müssen wir dieses Rezeptbuch einmal von vorn bis hinten durchbacken.«

»Da steht aber auch ein Rezept für Labskaus drin«, bemerkte Marie mit einem Grinsen.

»Gott bewahre, nur das nicht«, rief Gertrud aus. »Diese Scheußlichkeit von einem Eintopf mit Pökelfleisch könnt ihr behalten.« Sie schüttelte sich, und alle lachten.

Marie wollte etwas erwidern, wurde aber durch das Klingeln an der Tür unterbrochen.

»Das sind unsere Brötchen. Stets pünktlich. Der Lehrling von der Bäckerei, Martin, bringt sie mir immer. Ich hab auch Brezeln bestellt. So etwas kriegt ihr in Norwegen nicht.«

»Brezel?« Elin sah Marie fragend an.

»Ist ein Laugengebäck«, erklärte Marie, während Gertrud zur Tür ging und den Jungen begrüßte. »Du wirst es mögen. Schmeckt gut mit Butter.«

Gertrud kam mit der Bäckertüte zurück in die Küche und öffnete den Kühlschrank.

»Jetzt stärken wir uns erst einmal, und dann starten wir in den Tag. Am besten brechen wir gegen zehn nach Aschaffenburg auf, wenn der Berufsverkehr durch ist.« Ihre Worte ließen Elins Miene ernst werden.

Marie bemerkte, wie ihre Hände zu zittern begannen. Sie legte ihre Hand auf die Elins, nickte ihr zu und murmelte: »Das wird schon.«

Elin atmete tief durch und bemühte sich um ein Lächeln. Ihr Blick fiel auf die Bäckertüte. »Kann ich mir diese Brezeln mal ansehen?«, fragte sie.

»Gewiss doch«, antwortete Gertrud. »Und stell dir vor, du darfst sie sogar essen. Möchtest du noch einen Tee?«

Elin lehnte ab und bat jetzt um einen Kaffee, den ihr Marie zubereitete. Bald darauf war der Tisch fertiggedeckt, und Elin probierte zum ersten Mal eine deutsche Brezel mit Butter.

»Schmeckt gut«, stellte sie fest. »Ganz anders als unsere norwegischen Backwaren, aber gut. Es würde auch zu Labskaus passen oder zu den Fischfrikadellen. Was meinst du, Marie?« Sie sah Marie fragend an, die ihr zustimmte.

»Brezeln passen zu allem. Es gibt sogar Leute, die sie mit Schokocreme essen.«

»Wirklich? Aber es ist doch Salz darauf.«

»Es gibt eben nichts, was es nicht gibt«, erwiderte Gertrud. »Ich habe von Leuten gehört, die Fisch essen, der ewig lang an einem Stock vor sich hin gammelte. Stockfisch wird das Zeug genannt. Ich hab da mal einen Bericht drüber im Fernsehen gesehen. Kommt von den Lofoten und gilt als Delikatesse. Also mich könnte man damit jagen.« Sie grinste breit, und Elin hatte Mühe, den Kaffee in ihrem Mund hinunterzuschlucken. Beinahe hätte sie ihn über den Tisch geprustet. Doch ihre Miene wurde schnell wieder ernst, und sie kam erneut auf den anstehenden Besuch bei ihrem Großvater zu sprechen.

»Vielleicht wäre es besser, erst einmal anzurufen. Ihn nach so vielen Jahren einfach so zu überfallen ist vielleicht keine gute Idee.«

»Daran habe ich auch schon gedacht«, erwiderte Gertrud. »Aber was willst du am Telefon sagen? *Hallo, ich bin deine Enkelin aus Norwegen?* Dafür hättest du nicht nach Deutschland kommen müssen. Du bist hier, um ihm gegenüberzutreten, ihn richtig kennenzulernen. Und solch persönliche Dinge klärt man nicht am Telefon. Sonst glaubt er noch, du willst ihn betrügen. Es gehen so viele Geschichten von Betrügern durch die Medien, die diesen Enkeltrick versuchen.«

»Enkeltrick?« Elin sah Marie fragend an.

»Das sind Verbrecher, die alten Leuten am Telefon das Geld aus der Tasche zu ziehen versuchen, indem sie sich als ihre Enkel ausgeben«, erklärte sie. »Es gibt viele ältere Menschen, die leider auf so etwas hereinfallen. Ich gebe Gertrud recht. Es ist besser, ihn zu besuchen. Sonst hetzt uns das Seniorenheim noch die Polizei auf den Hals.«

»Also gut«, fügte sich Elin in ihr Schicksal.

»Es wird schon alles gut werden«, versuchte Gertrud, ihr die Nervosität zu nehmen. »Bestimmt wird er sich freuen, dich kennenzulernen.«

»Darauf hoffe ich«, erwiderte Elin, um ein Lächeln bemüht, und leerte ihren Kaffeebecher.

Nach dem Frühstück belagerten sie nacheinander das kleine Badezimmer. Elin wechselte ganze vier Mal ihre Garderobe. Erst wählte sie ein blaues Strickkleid, das ihr zu schick schien, dann einen schwarzen Rock mit Bluse, zu bieder, doch lieber Jeans und Pullover. Am Ende wurden es eine schwarze Stoffhose und eine grobmaschige rote Strickjacke mit einem weißen T-Shirt darunter. Nicht zu schick, aber auch nicht zu leger. Marie hatte Mühe, ihr Haar zu bändigen. Ständig stand eine störrische Strähne ab. Gertrud war als Erste fertig. Sie trug eine beige Stoffhose, dazu eine dunkelblaues Twinset, das ihrer runden Figur schmeichelte und hervorragend zu ihrem grauen Haar passte. Marie schlüpfte in ihre braune Softshelljacke und ihre Turnschuhe und rief nach Elin, die noch immer im Bad vor dem Spiegel stand und an ihren blonden Haaren herumfummelte. Hochgesteckt, ein geflochtener Zopf oder doch offen? Am Ende band sie das Haar locker im Nacken zusammen. Einige Strähnen fielen in ihr Gesicht, was sie weniger streng wirken ließ. Marie befand es für gut, und sie gingen zu Gertruds quietschgelbem Polo, der im Hinterhof stand. Sie hatte sich dazu durchgerungen, sich einen kleinen Wagen zu leisten. Um sich und andere Verkehrsteilnehmer nicht zu gefährden, hatte sie zuvor noch einige Fahrstunden genommen.

Geschickt lenkte Gertrud den Wagen durch den

Wiesbadener Innenstadtverkehr. Marie betätigte sich als Fremdenführer. Sie deutete nach links, nach rechts und erläuterte die Sehenswürdigkeiten der Stadt, an denen sie vorüberfuhren. Den Kochbrunnen und das Staatstheater mit seiner Parkanlage, den Schlosspark, in dem zu Kaisers Zeiten die gehobene Gesellschaft flanierte. Man kam damals gern in die Stadt am Rhein zur Kur, sogar Kaiser Wilhelm II. weilte öfter in Wiesbaden, erklärte Marie.

Es dauerte nicht lange, bis sie die Innenstadt hinter sich ließen und auf die Autobahn fuhren. Es begann zu regnen. Verkehrsschilder huschten an ihnen vorüber. Offenbacher Kreuz, Seligenstadt. Sie überquerten den Main. Inzwischen schüttete es regelrecht. Grau und düster wirkte die Welt um sie herum. Hoffentlich war das kein schlechtes Omen für Elins Unterfangen, dachte Marie. Sie erreichten die Ausfahrt Aschaffenburg und verließen die Autobahn, dann kam das Aschaffenburger Schloss in Sicht. Elin bewunderte es staunend, wollte wissen, wer es gebaut habe und wie alt es sei. Sowohl Marie als auch Gertrud blieben ihr die Antwort schuldig. Über Aschaffenburg wussten sie nur wenig. Das Navigationsgerät leitete sie durch die Straßen der Stadt, und bald erreichten sie die Einrichtung für betreutes Wohnen, in der Elins Großvater untergebracht war. Das vierstöckige Haus lag in einem ruhigen Wohngebiet. Ein Schild über dem Eingang wies es als *Seniorenresidenz Spessartblick* aus.

»Sieht schick aus«, bemerkte Gertrud, nachdem sie ausgestiegen waren. »Anders als der alte Kasten in Wiesbaden. Und Seniorenresidenz hört sich doch gleich sehr vornehm an.«

»Obwohl mir Haus Sonnenschein auch gut gefiel«, erwiderte Marie. »Und mir gefiel das alte Haus, es hatte viel Charme. Wenn man mal von dem ständig kaputten Fahrstuhl absieht.«

»Hat eben alles seine Vor- und Nachteile«, meinte Gertrud. Sie gingen zum Eingang, und es öffnete sich eine gläserne Schiebetür. Der Eingangsbereich war klein und glich eher einem weitläufigen Treppenhaus. Rechter Hand gab es eine Art Empfangstresen, hinter dem eine junge dunkelhaarige Frau am Computer saß. Sie telefonierte und bedeutete ihnen mit einer Handbewegung, dass sie gleich für sie da sei. Nachdem das Gespräch beendet war, lächelte sie ihnen freundlich zu. »Guten Tag. Was kann ich für Sie tun?« Sie sprach mit leichtem fränkischen Dialekt.

»Wir möchten gern zu Wilhelm Kreuzer«, sagte Gertrud. »Er ist hoffentlich im Haus?«

»Wilhelm Kreuzer. Ja, der ist da. Der alte Herr geht selten aus.« Die Frau machte eine kurze Pause und sah von Gertrud zu Marie und Elin. Ihre Miene wurde ernst.

»Soweit ich mich erinnere, sind Sie seine ersten Besucher. Und er ist immerhin schon drei Jahre bei uns. Es ist doch hoffentlich nichts passiert?«

»Nein, das ist es nicht«, beschwichtigte Gertrud

und warf Marie einen kurzen Seitenblick zu. Die Neugierde der Empfangsdame gefiel Gertrud nicht.

»Wir sind Bekannte von früher und auf der Durchreise. Er wird sich gewiss freuen, uns zu sehen.« Marie sah zu Elin, deren Miene ausdruckslos schien. Doch sie ließ sich davon nicht täuschen. Elin war nervös.

»Dann ist es ja gut«, erwiderte die junge Frau. »Er wohnt in Wohnung vier. Im zweiten Stock, links.«

Gertrud bedankte sich für die Auskunft, und sie fuhren mit dem Fahrstuhl in den zweiten Stock. Als sich die Fahrstuhltüren öffneten, empfing sie ein moderner Flur, der mit einem hellbraunen Teppich ausgelegt war. Spots in der Decke verbreiteten warmes Licht, und an den Wänden hingen moderne Drucke eines Künstlers, den Marie nicht kannte.

»Also mir gefällt modern eindeutig besser als alt«, konstatierte Gertrud. »Es ist hell, freundlich und sauber.«

»Und es riecht nicht nach fettigem Essen und Bettpfannen«, fügte Marie hinzu, die ebenfalls Gefallen an der Einrichtung fand, die so gar nichts mit einem Altenheim gemein hatte.

An der Tür zur Wohnung Nummer vier mussten sie läuten. Eine blonde Frau mittleren Alters öffnete ihnen mit einem Lächeln.

»Kommen Sie ruhig herein. Ich habe schon gehört, dass unser Herr Kreuzer endlich mal Besuch bekommt. Darüber wird er sich gewiss freuen.«

Marie sah die Frau, die Jeans und Pullover trug, erstaunt an.

»Sie arbeiten hier?«, fragte sie.

»Ja. In unserem Haus ist es üblich, normale Kleidung zu tragen«, erriet die Frau, was Marie mit ihrer Frage meinte. »Wir sind ja kein Pflegeheim im klassischen Sinne, sondern eine Einrichtung für betreutes Wohnen. Unsere Bewohner sollen nicht den Eindruck haben, in einer Klinik zu leben.«

Gertrud nickte. »Sie müssen wissen, dass wir so etwas wie Kolleginnen sind. Ich habe über vierzig Jahre in einem Altenheim in Wiesbaden gearbeitet. Dort war einheitliche Dienstkleidung Vorschrift.«

»Nett, Sie kennenzulernen«, sagte die Frau. »Mein Name ist Marianne Rieger.« Sie reichte Gertrud die Hand. »Das mit der Dienstkleidung kenne ich nur zu gut. Ich war auch schon in traditionelleren Häusern beschäftigt. Aber hier gefällt es mir besser. Die Bewohner leben in Wohngemeinschaften zusammen, und mit unserer Unterstützung versuchen sie, viele alltägliche Abläufe noch selbst zu erledigen. Aber Sie wollten zu Herrn Kreuzer. Er ist gerade mit den anderen in der Küche, um das Mittagessen für heute zuzubereiten.«

Sie deutete den langen Flur hinunter, von dem immer wieder Türen abgingen, und marschierte voraus. Marie und die anderen folgten ihr, und sie betraten eine geräumige und gemütlich eingerichtete Wohnküche, in der eifrig gekocht wurde. Eine ältere Dame mit schwarzem Haar, Marie vermutete, dass es gefärbt war, stand am Herd und briet Zwiebeln an. Eine weitere, leicht gebückt wirkende Frau schnitt Hähnchenfleisch klein. Neben ihr wusch eine junge Betreuerin Salat. An einem großen Tisch mitten im Raum saßen drei ältere Herren, die sich mit Gemüseschneiden beschäftigten. Es herrschte eine gelöste Atmosphäre, wurde gelacht und erzählt. Als die Kochtruppe die Neuankömmlinge bemerkte, verstummten die Gespräche.

»Sie haben Besuch, Wilhelm«, sagte Marianne Rieger.

Wilhelm Kreuzer schaute auf.

»Die Damen sind auf der Durchreise und wollten Sie überraschen. Ist das nicht nett?«

Wilhelm Kreuzer sah von Marie zu Gertrud. Dann blieb sein Blick an Elin hängen. Einen Moment schien er sie regelrecht anzustarren. Seine Antwort auf die Worte der Betreuerin klang schroff und abweisend.

»Ich kenne die Damen nicht.«

Elin nahm allen Mut zusammen und trat näher an ihren Großvater heran.

»Mein Name ist Elin. Wir sind aus Norwegen, genauer gesagt aus Farsund, gekommen. Ich meine, ich …« Sie stockte und brachte schließlich heraus: »Sie sind mein Großvater.«

Im Raum wurde es mucksmäuschenstill. Sämtliche Augen waren mit einem Mal auf Elin und Wilhelm gerichtet. »Sie waren damals dort, im Krieg. Meine Großmutter hat …«

»Ich war niemals in Norwegen«, unterbrach Wilhelm sie. »Wie kommen Sie auf diese Idee? Ich kenne Ihre Großmutter nicht. Sie müssen mich verwechseln.« Er sah Elin nicht an, während er sprach.

»Aber, das kann nicht sein, ich meine …« Hilflos sah Elin zu Gertrud, die nun das Wort ergriff.

»In den Akten steht etwas anderes. Sie waren in Norwegen, Herr Kreuzer. Zwei Jahre lang waren Sie in Farsund stationiert, erst danach wurden Sie an die Ostfront versetzt.«

»Mumpitz«, entgegnete der alte Herr schroff.

Er sieht noch immer gut aus, dachte Marie, obwohl er bereits neunundachtzig war. Sein Haar war weiß, jedoch noch voll, er war schlank und hatte nur einen kleinen Bauchansatz. Neben ihm an der Wand lehnte eine Gehhilfe, die nicht unbedingt ihm gehören musste. Es war sogar eine leichte Ähnlichkeit mit Elin erkennbar. Das spitze Kinn, die hohen Wangenknochen.

»Ich war nie in Norwegen. Ich will, dass Sie gehen.« Er begann demonstrativ eine Karotte zu schälen.

»Bekannte auf der Durchreise also«, sagte Frau Rieger. Ihre Stimme klang plötzlich kühl. »Sie haben Herrn Kreuzer gehört. Es ist besser, wenn Sie jetzt gehen.« Sie trat zwischen Wilhelm Kreuzer und Elin und sah sie streng an. Marie konnte es nicht fassen. Sollte Elins Großmutter also doch recht behalten, dass ihr Großvater, die Liebe ihres Lebens, die Verlobung bewusst gelöst hatte? Sie konnte und wollte es nicht glauben.

»Wissen Sie, warum Elin so gut Deutsch spricht?«, fragte Marie den alten Herrn, ohne auf die Aufforderung der Betreuerin einzugehen. »Ihre Großmutter Jane hat stets mit ihr Deutsch gesprochen. Sie hatte Sorge, sie könnte es verlernen, und Norwegisch konnte der Mann, in den sie sich verliebt hatte, mit dem sie ein Kind bekommen hatte, ja nicht. All die Jahre hat sie daran festgehalten, dass Sie doch noch zurückkommen könnten. Eine Liebesgeschichte würde es nicht mehr geben, hat sie mir einmal gesagt. Obwohl das schön gewesen wäre. Nicht mehr als ein Wiedersehen hat sie sich gewünscht.« Sie suchte Wilhelms Blick, doch er wandte sich ab.

»Komm, Marie. Das bringt nichts«, sagte Elin und zog sie am Arm zurück. »Wir sollten gehen. Vielleicht liegt eine Verwechslung vor.«

Marie nickte. Sie bebte innerlich vor Wut. Sie war sich sicher, Elins Großvater vor sich zu haben. Wie konnte dieser Mann seiner Enkelin so ins Gesicht lügen und sie nach all den Jahren verleugnen?

»Gut, wir gehen«, sagte Marie. Wortlos verließen Elin und sie den Raum. Gertrud folgte ihnen nicht sofort. Einen Moment sah sie Wilhelm an, dann holte sie eine Visitenkarte aus ihrer Handtasche und legte sie vor ihm auf den Tisch.

»Sollten Sie es sich anders überlegen.« Dann ging auch sie.

Elin und Marie warteten in dem modernen Treppenhaus vor dem Fahrstuhl auf sie.

»Er ist es«, sagte Marie. »So wie er Elin angesehen hat. Er hat die Ähnlichkeit zu Jane erkannt.«

»Und wennschon«, sagte Elin niedergeschlagen. »Er will nichts mit mir zu tun haben. Ich hätte niemals nach Deutschland kommen sollen. Es war eine Schnapsidee.«

Der Aufzug kam, und die drei traten in die Kabine. Die Türen schlossen sich, und Marie wählte das Erdgeschoss. Die Wahl des Stockwerks brachte eine weitere Erinnerung an Betty zurück. Daran, wie sie jeden Tag mit dem Fahrstuhl des Altenheims zu ihr in den dritten Stock gefahren war, um sie zu besuchen, mit ihr Schach zu spielen. Bei schönem Wetter hatten sie im Park gespielt. Niemals wieder würde sie mit Betty dort Schach spielen, würde sie ihr Lachen hören, wenn sie mal wieder eine Partie gegen sie verloren hatte. Marie sah sie im Haus am Odde Berg am Fenster sitzen, den Blick auf ihren geliebten Schärengarten gerichtet. In manch kalter Winternacht hatten sie gemeinsam, in warme Decken gehüllt, jede einen Becher Tee mit Rum in Händen, den Tanz der Nordlichter beobachtet. Nie mehr würde sie ihre Stimme hören, sie in den Arm nehmen können. Der Schmerz über ihren Verlust holte sie in den seltsamsten Momenten ein. Es war zu wenig Zeit gewesen, die sie miteinander hatten verbringen können.

Sie verließen das Haus und gingen zum Auto zurück. Der Regen war in Schnee übergegangen.

»Hat ja so kommen müssen«, sagte Gertrud. »Seit Tagen ist es saukalt und friert in den Nächten.«

Sie setzten sich ins Auto.

»Und nun?«, fragte Marie.

»Werde ich so schnell wie möglich einen Flug buchen und nach Norwegen zurückkehren«, antwortete Elin. »Diese ganze Reise war eine Schnapsidee. Das Geld hätte ich mir sparen können.«

Ihre Worte trafen Marie. Sie kam sich schuldig vor. Hätte sie Elin nicht dazu überredet, sich auf die Suche nach ihrem Großvater zu machen, wäre sie jetzt nicht so aufgewühlt. Manche Geschichten sollten anscheinend kein glückliches Ende nehmen.

»Aber vorher essen wir noch etwas«, sagte Gertrud und startete den Motor. »Ich hab letzte Woche die ersten Lebkuchen gekauft. Eigentlich esse ich die erst am ersten November, das ist eine meiner goldenen Regeln. Aber bei diesem Wetter und unter diesen Umständen kann sie gebrochen werden. Und wir brauchen Rotwein. Eine Menge Rotwein. Und den bekommen wir bei Carlos im Restaurant. Der passt zwar nicht zu den Lebkuchen, aber egal.«

Sie wendete den Wagen in einer Hofeinfahrt, und es ging zurück auf die Autobahn, wo sie erst einmal im Stau landeten. Eine Vollsperrung.

»Auch das noch«, schimpfte Marie.

»Wenn es mal schlecht läuft, dann richtig«, meinte Gertrud und seufzte.

Maries Blick wanderte aus dem Fenster. Es schneite noch immer in dicken weißen Flocken. Liegen blieb der Schnee jedoch nicht. Sie waren in der Nähe des Flughafens. Immer wieder flogen Flugzeuge über sie hinweg. Plötzlich verspürte sie den Wunsch, mit einem von ihnen davonzufliegen. Nach New York oder Australien, weit fort, irgendwohin, wo sich das Leben neu und anders anfühlte. Irgendwohin, wo es keine Erinnerung an Betty gab. Aber ging das überhaupt? Sie trug Betty in sich. Wohin sie auf dieser Welt auch immer fliegen würde, sie würde sie begleiten.

Die Verkehrsmeldungen machten ihnen Hoffnung. Die Unfallstelle war geräumt, und der Stau löste sich langsam auf.

Als sie in Wiesbaden eintrafen, war der Schnee wieder in Regen übergegangen. Gertrud parkte den Wagen im Hinterhof, und kurz darauf standen sie vor der Pizzeria von Carlos und Sofia.

»Ruhetag«, las Marie laut vor, was auf dem in der Tür hängenden Schild stand.

»Mist. Das hatte ich ganz vergessen«, sagte Gertrud. »Heute ist ja Mittwoch. Also keine Pizza und kein Rotwein.«

»Nicht schlimm.« Elin winkte ab. »Ich habe sowieso keinen Hunger. Ein Kaffee reicht mir schon. Dazu vielleicht noch eine dieser Brezeln, gern auch einen Lebkuchen. Ich kann dann gleich im Internet nach einem Flug für morgen suchen.«

Sie wandte sich ab und ging über die Straße zurück zu Gertruds Wohnhaus. Ihre Stimme klang mutlos.

Marie und Gertrud folgten ihr mit hängenden Schultern. Heute Morgen waren sie noch guter Dinge gewesen – und jetzt? So hatten sie sich das Wiedersehen zwischen Elin und ihrem Großvater nicht vorgestellt. Dass der alte Herr so ablehnend reagieren würde, daran hätte Marie nicht im Traum geglaubt. Jane hatte so liebevoll über ihn gesprochen. Aber vielleicht fühlte er sich einfach überrumpelt? Trotzdem war man nicht so abweisend zu seiner Enkelin. Das hatte Elin nicht verdient. Oder hatte er am Ende doch recht und war nicht derjenige, nach dem sie suchten? Nein, solch einen Fehler hätte Gertrud niemals gemacht. Sie wäre nicht mit ihnen nach Aschaffenburg gefahren, wenn sie sich nicht hundertprozentig sicher gewesen wäre.

In der Wohnung angekommen, ging Elin in ihr provisorisches Schlafzimmer und schloss die Tür hinter sich. Marie blickte zu Gertrud, die mit den Schultern zuckte.

»Ich an ihrer Stelle würde jetzt auch allein sein wollen. Lassen wir sie eine Weile in Ruhe. Sie kommt bestimmt bald zu uns. Komm. Ich mach uns Kaffee, und dann erzählst du mir ein bisschen von deiner Zeit in Norwegen.« Sie ging in die Küche, und Marie folgte ihr.

»Da gibt es nicht viel zu erzählen.«

»O doch, das gibt es«, ließ Gertrud nicht locker. »Und ich will jedes Detail wissen.«

Kapitel 4

Es war später Nachmittag, als Elin zu ihnen stieß und sich einen Kaffee machte. Gertrud las in einer Zeitschrift, nachdem sie es aufgegeben hatte, in dem alten Rezeptbuch von Elins Großmutter zu blättern, das Elin auf dem Tisch hatte liegen lassen. Sämtliche Rezepte waren auf Norwegisch verfasst.

Marie war damit beschäftigt, Stellenanzeigen im Internet zu sichten. Doch wonach sollte man suchen, wenn man keine Ahnung hatte, was man machen wollte? Drei Angebote hatte sie in die engere Wahl gezogen, allesamt in Restaurants oder Gaststätten. Immerhin hatte sie zuletzt bei Elin im Café gearbeitet. Allerdings würde sie damit nicht genug Geld verdienen, denn die Bedienungen oder Thekenkräfte wurden meist auf Minijob-Basis gesucht, und Marie brauchte eine Vollzeitstelle. Jetzt verfluchte sie sich für ihre Sprunghaftigkeit, hätte sie sich doch nur eher um eine Ausbildung gekümmert.

Elin setzte sich neben Marie auf die Eckbank und sah auf den Bildschirm.

»Was machst du?«

»Ich brauche einen Job. Aber ich weiß nicht recht,

in welche Richtung es für mich eigentlich gehen soll.«

»Darum werde ich mich nach meiner Rückkehr auch kümmern müssen«, sagte Elin seufzend und stützte die Hand aufs Kinn. »Vielleicht studiere ich auch noch mal und suche mir in Oslo ein WG-Zimmer. Tourismusmanagement hat mich immer interessiert. Das wäre was für mich, denn mit Menschen kann ich.«

»Hm«, erwiderte Marie. »Touristen können anstrengend sein.«

»Ich weiß.« Elins Stimme klang resigniert. »Wenn ich da an den einen oder anderen Besucher in unserem Café denke. Oma meinte immer, dafür brauchst du Nerven wie Stahlseile. Obwohl die meisten nett waren.«

»Sagt mal«, fragte Gertrud und zog Elins Rezeptbuch näher zu sich, »in dem Buch soll doch das Rezept für die besten Zimtschnecken Norwegens stehen, oder?«

»Ja«, erwiderte Elin.

»Wollen wir welche backen?«

»Jetzt?«, fragte Elin.

»Wieso nicht? Ich liebe Zimtschnecken, und es könnte sein, dass du bereits morgen mitsamt deinem Rezeptbuch wieder im Flieger nach Norwegen sitzt und ich niemals in den Genuss dieser Köstlichkeit kommen werde.«

»Da ist was dran«, sagte Marie. »Und hat deine

Oma nicht immer gesagt, gegen jede Sorte von Kummer hilft eine Zimtschnecke? Heute könnten wir welche gebrauchen, oder?«

»Schon. Aber wir haben keine Zutaten«, antwortete Elin. »Und so ein Hefeteig braucht seine Zeit. Es wird Abend werden, bis wir fertig sind.«

»Na und? Dann ist es eben so. Mir schmecken Zimtschnecken zu jeder Tageszeit. Die Zutaten kann ich schnell besorgen«, ließ Gertrud nicht locker. »An der Ecke ist ein Supermarkt. Mehl, Zimt und Zucker habe ich hier. Kommt schon. Das wird nett.«

»Meinetwegen«, stimmte Elin zu. »Wir haben ja eh nichts zu tun. Also können wir auch backen.«

»Fein.« Gertrud stand auf und holte einen Notizblock und einen Kugelschreiber aus der Küchenschublade. »Schreiben wir auf, was wir alles benötigen.« Sie sah Elin abwartend an.

»Das müssen wir nicht«, sagte diese lächelnd. »Ich weiß sämtliche Zutaten auswendig. Ich komme einfach mit in den Laden.«

»Gut, dann eben so«, meinte Gertrud. »Gehen wir eben zusammen einkaufen. Marie kommt bestimmt auch mit.«

»Gern«, antwortete Marie. »Und wir brauchen Rotwein. Für unsere Laune.«

»Stimmt, der Rotwein. Natürlich.« Gertrud grinste. Schlagartig war die Stimmung besser. Sie schlüpften in Jacken und Schuhe und verließen mit Schirmen und Einkaufstaschen bewaffnet das Haus.

Bis zum Supermarkt war es nicht weit. Der Laden war nicht groß, hatte aber alles, was sie brauchten. Frische Hefe, Milch, Puderzucker, Butter und Kardamom. Dazu wanderten noch drei Flaschen Rotwein in den Wagen. Nach langem Hin und Her hatten sie sich für einen heimischen Wein aus dem Rheingau entschieden. Die Rechnung an der Kasse beglich Gertrud. Gäste ließ man nicht bezahlen, darauf bestand sie. Bestens gelaunt liefen sie durch den Regen zurück nach Hause und machten sich in der Küche sogleich ans Werk.

»Zuerst müssen wir Milch, Butter und Puderzucker zusammen aufkochen und dann in einem Wasserbad auf etwa sechsunddreißig Grad runterkühlen lassen«, erklärte Elin, was zu tun war.

»Also brauchen wir einen Topf und eine Schüssel«, sagte Gertrud und öffnete die Küchenschränke.

»Und eine Küchenwaage wäre gut«, sagte Marie.

»O weh, daran habe ich gar nicht gedacht. Ich habe meine letzte Woche fallen lassen, und sie ist kaputtgegangen. Was machen wir jetzt? Es ist aber auch ein Graus mit den modernen Dingern. Halten nichts mehr aus.«

»Und nun?«, fragte Elin. »Ohne Waage sieht es schlecht aus.« Sie ließ ihren Blick durch den Raum schweifen und blieb an einem Efeuungetüm hängen, das auf etwas draufstand, das durch das viele Grün kaum zu erkennen war. »Ist das nicht eine Waage?«, fragte Elin und deutete auf die Pflanze.

»Richtig, die alte Waage vom Flohmarkt«, sagte Gertrud. »Hab ich vor einigen Jahren für ein paar Euro erworben, weil ich sie hübsch fand. Sie steht schon so lange auf der Fensterbank, dass ich sie glatt vergessen habe. Aber man sieht sie unter dem wuchernden Efeu auch kaum noch. Ob sie noch geht? Bestimmt klemmt da irgendwas.« Sie ging zum Fenster, schob den Efeu von der Waage und blies den Staub hinunter.

»Sie ist wirklich hübsch«, sagte Marie. »Könnte aus den dreißiger Jahren oder noch älter sein. Sie hat sogar einen Namen. Gloria.«

»Gloria muss allerdings erst einmal gewaschen werden, bevor wir sie benutzen«, meinte Gertrud und schaffte die Waage in die Spüle, um sie einer gründlichen Reinigung zu unterziehen. Als dies geschehen und die Tauglichkeit der Waage festgestellt war, ging es schnell voran. Bald waren alle Zutaten abgewogen, und die Milch-Butter-Puderzucker-Mischung köchelte im Topf und wurde zu einer cremigen Einheit. Elin stellte diese in ein kaltes Wasserbad und prüfte mit der Hand immer wieder, ob sie genügend abgekühlt war, um sie weiterzuverarbeiten.

Inzwischen schenkten sie sich das erste Glas Rotwein ein, und Gertrud kostete skeptisch. »Bisschen fruchtig, aber nicht schlecht«, meinte sie und nahm einen weiteren Schluck. Als die gekochte Mischung abgekühlt war, durfte Gertrud sie mit dem Mehl, der Hefe, dem Kardamom und dem Zimt verkneten.

»Komisch, dass man die Hefe nicht vorher in Milch gehen lässt«, sagte Gertrud. »Ich kenne die Herstellung eines Hefeteiges nur auf diese Weise.«

»Gehen müssen die Schnecken auch noch. Aber erst auf dem Blech«, erwiderte Elin lächelnd und rollte den Teig zu einem Rechteck aus. Er wurde mit geschmolzener Butter, Zimt und Zucker bestreut und eingerollt.

»Jetzt noch in zwei Zentimeter dicke Scheiben schneiden und aufs Blech legen«, erklärte Elin.

Gertrud holte ein großes Messer und schnitt Scheibe um Scheibe ab, die Marie auf ein mit Backpapier ausgelegtes Blech legte. Dieses wurde mit einem Tuch abgedeckt und zur Seite gestellt. Gertrud stellte den Küchenwecker auf dreißig Minuten und schenkte sich Rotwein nach.

»Das hätten wir. Ist leichter, als ich dachte. Mädels, darauf sollten wir anstoßen. Auf unsere Schnecken. Es ist so schön, dass ihr hier seid.« Ihre Stimme klang beschwingt, ihre Wangen waren gerötet. Der Wein zeigte seine Wirkung. »Auf die Zimtschnecken, euch beide und Norwegen. Prost«, rief sie aus und nahm einen kräftigen Schluck.

»Wenn uns meine Oma jetzt sehen könnte«, sagte Elin kopfschüttelnd. »Ausschimpfen würde sie uns, denn Alkohol in der Backstube war ihr gar nicht recht. Höchstens, er kam in den Teig. Merk dir das, hat sie zu mir gesagt. Der Wirt lässt seine Gäste trinken und trinkt nicht selbst. Sonst ist er schnell kein Wirt mehr.«

»Aber ich bin kein Wirt, und das hier ist auch

keine Backstube, sondern meine Küche«, erwiderte Gertrud lachend. »Also kann ich auch Wein trinken. Obwohl es langsam gut wäre, wenn die Schnecken fertig wären, denn mir fehlt die Grundlage. Ich bin schon ganz beschwipst.«

Marie sah zu Elin, die antwortete: »Wenn mir vor einigen Monaten einer gesagt hätte, dass ich in Wiesbaden in einer Küche mit Rotwein Zimtschnecken backen würde, hätte ich ihn glatt für verrückt erklärt.« Sie grinste.

»So ändern sich die Zeiten«, sagte Marie mit einem Hauch Wehmut in der Stimme.

Für einen Moment herrschte eine beklemmende Stille, dann meinte Gertrud: »Wir könnten abspülen, bis die Schnecken so weit sind.«

Die drei machten sich an den Abwasch und öffneten bald die zweite Flasche Rotwein. Als der Küchenwecker klingelte, schob Elin die Schnecken in den Ofen und stellte erneut den Wecker.

»Sie müssen nur knapp zehn Minuten backen. Wenn sie länger drinbleiben, werden sie hart.«

»Es riecht schon so lecker«, sagte Gertrud. »Wie Weihnachten.«

»Wenn wir sie gleich rausholen, müssen wir sie nur kurz abkühlen lassen, dann können wir sie essen. Frisch aus dem Ofen schmecken sie am besten.«

»Und dazu einen Kaffee oder besser noch: eine heiße Schokolade«, sagte Gertrud. »Vom Wein hab ich genug.«

Sie beförderte die Waage zurück auf die Fensterbank, setzte jedoch das Efeuungetüm nicht mehr darauf. Die hübsche Gloria sollte gesehen und würde jetzt auch wieder benutzt werden. »So ein neumodischer Digitalkrempel kommt mir nicht mehr ins Haus«, sagte Gertrud, stellte die Kaffeemaschine an und holte ein geblümtes Kaffeegeschirr aus dem Schrank, das ebenfalls vom Flohmarkt war, wie sie erzählte. »Solch hübsche Muster findet man heute in den Geschäften nicht mehr. Alles muss modern sein, die Teller am besten rechteckig. Wo bleibt da die Romantik?« Sie wollte noch etwas hinzufügen, wurde aber durch die Türklingel unterbrochen.

»Wer stört uns da?«, fragte sie und ging zur Tür.

»Karl-Theodor, mein Freund«, hörte Marie sie kurz darauf ausrufen. »Was treibt dich zu so später Stunde zu mir? Du errätst nie, wer hier ist.«

Freudig betrat Marie den Flur. Sie konnte es kaum glauben. Karl-Theodor aus dem Altenheim war gekommen – Bettys ehemaliger Zimmernachbar und Schachkamerad.

Er sah noch genauso aus, wie Marie ihn in Erinnerung hatte.

»Marie, wie schön.«

Er schloss sie in die Arme und drückte sie fest an sich. Sie löste sich aus der Umarmung, und Gertrud lud Karl-Theodor zu Kaffee und Zimtschnecken ein. Als er seine Jacke auszog, ließ der Anblick seiner Kleidung Marie schmunzeln. Ein weinroter Pullunder kam zum Vorschein, darunter trug er ein kariertes Hemd. Betty hätte jetzt eine Grimasse gezogen und mit den Augen gerollt. Sie verabscheute Pullunder und hielt sie für altbacken. Doch zu Karl-Theodor, den Marie nie ohne seine geliebten Pullunder gesehen hatte, passte das einfach.

Sie gingen in die Küche, die von einer herrlich duftenden Zimtwolke erfüllt war. Elin hatte die Schnecken aus dem Ofen geholt und auf die Arbeitsplatte zum Auskühlen gestellt.

»Wie herrlich es bei euch duftet«, sagte Karl-Theodor und setzte sich auf die Eckbank.

»Und wie gut es uns gleich schmecken wird«, fügte Gertrud hinzu und fragte Karl-Theodor, ob er Tee oder Kaffee haben wollte.

»Oh, lieber Tee«, antwortete der alte Herr. »Ich vertrage in der letzten Zeit keinen Kaffee mehr. Da kriege ich immer Herzrasen. Du hast doch bestimmt etwas mit Früchten, oder? Der vom letzten Mal war lecker.«

»Himbeer-Sahne-Tee also. Kein Problem«, erwiderte Gertrud und setzte Teewasser auf.

»Gertrud hat mir erzählt, dass Betty gestorben ist«, wandte sich Karl-Theodor Marie zu, die Teller auf dem Tisch verteilte. »Es tut mir so leid.«

»Danke«, erwiderte Marie.

»Immerhin habt ihr beide euch gefunden, und sie konnte mit dir wieder nach Hause gehen«, setzte er hinzu.

»Ja, das stimmt«, erwiderte Marie. »Obwohl es schön gewesen wäre, noch mehr Zeit miteinander zu haben. Aber so spielt das Leben. Sie ist im Sessel am Fenster eingeschlafen. Das Letzte, was sie sah, war ihr geliebter Schärengarten, ihre Heimat.«

»Ein schöner Tod. So etwas wünschen wir uns doch alle. Leider missglückt es meist.«

»Ich sehe schon, du sitzt bereits viel zu lange in dem alten Kasten, Karl-Theodor«, sagte Gertrud. »Das Haus Sonnenschein wird meiner Meinung nach immer mehr zur Endstation für Schwerstpflegefälle. Und du bist doch noch fit. Wieso suchst du dir nicht eine andere Unterbringung? Wir waren heute in Aschaffenburg in einer Seniorenresidenz, die eher den Charakter einer WG hatte. So etwas würde viel besser zu dir passen. Die Bewohner leben in Wohngemeinschaften zusammen und kochen sogar gemeinsam. Es wirkte alles sehr harmonisch. Ich könnte mich für dich umhören. Vielleicht findet sich in Wiesbaden oder in einem der Nachbarorte etwas Ähnliches.«

»Ihr wart in Aschaffenburg?«, fragte Karl-Theodor. »Was wolltet ihr da?«

Marie sah zu Elin, die bisher still geblieben war. Sie hatte Karl-Theodor nur knapp gegrüßt, mehr nicht. Elin deutete ein Kopfnicken an.

»Elin wollte ihren Großvater besuchen«, erklärte Marie. »Aber der alte Herr wollte nichts von ihr wissen.«

»Wieso das nicht?«, fragte Karl-Theodor. »Also

wenn bei mir solch eine hübsche Enkelin auftauchen würde, wäre ich hocherfreut.«

»Immer noch der alte Charmeur«, sagte Gertrud kopfschüttelnd. »Elin hat eine ähnliche Vergangenheit wie Marie.«

»Also so eine Geschichte.« Karl-Theodor nickte. »Die Vergangenheit wird uns wohl nie loslassen, was? Ich war ja auch im Krieg. Allerdings nicht in Russland, sondern im Westen. Ich bin dann in britische Gefangenschaft geraten. Ist lange her.« Er winkte ab und wandte sich an Elin. »Und wieso wollte dein Großvater nichts von dir wissen?«

»Er hat damals die Verlobung mit meiner Großmutter gelöst. Ich hätte nicht kommen sollen. Manches sollte man besser ruhen lassen.«

Karl-Theodor nickte.

Für einen Moment herrschte Stille, dann fragte Gertrud: »Denkt ihr, die Schnecken sind jetzt genug abgekühlt? Ich habe Riesenhunger, und sie sehen phantastisch aus. Und wie das duftet.« Sie hielt ihre Nase nah an das Backblech, und ihr Gesichtsausdruck bekam etwas Seliges.

»Bestimmt«, erwiderte Elin und stand auf.

Gertrud holte einen großen Teller aus dem Schrank. Sie stapelten die Schnecken darauf und stellten sie in die Mitte des Tisches. Karl-Theodor bekam seinen Tee, der Rest gönnte sich noch einen Kaffee. Genüsslich bissen sie in die süßen Köstlichkeiten.

»Genau so müssen sie sein«, befand Gertrud.

»Weich und fluffig, noch warm, süß und zimtig. Ein Traum.«

»O ja. Das ist die beste Zimtschnecke, die ich je im Leben gegessen habe«, sagte Karl-Theodor und beförderte ein weiteres Exemplar auf seinen Teller, obwohl er das erste noch gar nicht aufgegessen hatte. »Mein Lob an die Bäckerin.« Er sah in die Runde.

»Das Rezept ist noch von meiner Urgroßmutter«, sagte Elin. »Sie galten als die besten Zimtschnecken im südlichen Norwegen.«

»Das glaube ich gern«, erwiderte Karl-Theodor mit vollem Mund. »Sie sind einfach köstlich. So etwas könnte man glatt auf dem Weihnachtsmarkt verkaufen, oder noch besser, in einem eigenen Café.«

»Das hat meine Oma auch gemacht. Wir hatten ein kleines Café in Farsund am Hafen. Nach ihrem Tod dachte ich erst, ich könnte nicht weitermachen. Später dann entschied ich mich doch dafür. Aber dann hat mir unser Vermieter einen Strich durch die Rechnung gemacht und mir gekündigt. Wie es jetzt weitergehen soll, weiß ich nicht.« Elin nahm das Rezeptbuch ihrer Uroma zur Hand, das neben ihr auf der Eckbank gelegen hatte, und sah es wehmütig an. »Seit so vielen Generationen schon hatten die Eide-Frauen das kleine Café am Hafen in Farsund. Etwas anderes als backen und ein Café führen habe ich nie gemacht. Jetzt bin ich eine norwegische Bäckerin ohne Café.« Ihre Stimme klang traurig.

»Und ich bin die Bedienung aus dem norwegischen

Café, die arbeitslos geworden ist«, fügte Marie seufzend hinzu. »Obwohl das nicht ganz richtig ist, denn ich hatte nach Bettys Tod gekündigt, weil ich zurück nach Deutschland wollte. Ohne Betty konnte ich nicht länger in Norwegen bleiben. Allerdings ändert das nichts an der Tatsache, dass auch ich mal wieder nicht weiß, wie es weitergehen soll.«

»Und wenn ihr hier in Wiesbaden ein Café eröffnen würdet?«, fragte Karl-Theodor.

»Hier?«, fragte Marie verdutzt. »Aber wir haben kein Geld, und die Mieten sind teuer.«

»Und wenn ihr nichts mieten müsstet?«

»Wie soll das denn gehen?«, fragte Gertrud.

»Ich hab es nie erwähnt, aber ich besitze ein kleines Häuschen in der Innenstadt. Es liegt in der Nähe des Hessischen Landtags in einer Seitengasse und hat ein Ladengeschäft im Erdgeschoss. Im ersten Stock gibt es zwei kleine Wohnungen. Das Häuschen gehörte meiner geliebten Else. Sie hat es von ihrem Onkel mütterlicherseits geerbt, der darin lange Jahre eine kleine Druckerei betrieben hat. Bis vor kurzem war noch eine Änderungsschneiderei im Untergeschoss, aber das Ehepaar ist ausgezogen. Jetzt steht es leer. Wenn ihr wollt, könnt ihr es euch gern ansehen.«

Marie sah zu Elin, die zögerte.

»Das ist ein sehr freundliches Angebot«, begann sie, »aber ich plane, in den nächsten Tagen nach Norwegen zurückzukehren.«

»Wir könnten es uns wenigstens mal ansehen«,

entgegnete Marie. »Es ist doch ein gutes Angebot. Ich bin mir sicher, ein Café mit norwegischen Backwaren würde gut ankommen. Die Deutschen lieben skandinavische Spezialitäten. Und die Lage ist günstig. In Norwegen stehst du doch vor derselben Frage wie hier – wie es für dich weitergehen kann. Aber dort hast du auch keine Antwort darauf. Hast du nicht sogar schon überlegt, zu deiner Tante Britt nach Kristiansand zu ziehen? Du magst die alte Schreckschraube nicht einmal.«

»Eine alte Schreckschraube?«, fragte Gertrud amüsiert.

»Das ist sie wirklich. So eine alte Ziege mit Nickelbrille, die sie an einer Kette um den Hals trägt, und einer grässlichen Kreischstimme. Wenn sie redet, stellt es mir immer die Nackenhaare auf.« Marie schüttelte sich.

»So eine Tante hatte ich auch«, meinte Karl-Theodor. »Eine schreckliche Person, die meiner armen Mutter unablässig Ratschläge erteilte. Wir Kinder haben ihr immer Streiche gespielt. Einmal hat Hermann eine Katze in den Käfig ihres geliebten Wellensittichs Hansi gesetzt. Da war das Geschrei groß. Mama befürchtete sogar, dass sie einen Herzinfarkt bekäme. Aber sie war zäh und überlebte sogar meine Mutter, und die wurde stolze einundneunzig.«

»Und der Wellensittich?«, fragte Elin.

»Den hatten wir vorher versteckt. Kein Federchen haben wir ihm gekrümmt. Ehrenwort.« Karl-Theodor zwinkerte Elin zu, die lachend den Kopf schüttelte.

»Also gut. Dann schauen wir uns das Häuschen eben an. Du hast ja recht, Marie. Tante Britt ist wirklich keine Lösung.«

Kapitel 5

Am nächsten Morgen hing dichter Nebel zwischen den Häusern und ließ die Stadt grau und trostlos wirken.

»Typisches Wetter für einen Oktober in Deutschland«, grummelte Marie, die Kopfschmerzen plagten. Es war wohl doch zu viel Rotwein gewesen. Sie liefen die Taunusstraße hinunter. Mitarbeiter der Stadt waren damit beschäftigt, die Weihnachtsbeleuchtung aufzuhängen, was den regen Verkehr ins Stocken brachte. Die Schaufenster der Antiquitätengeschäfte erinnerten Marie an Jan, Odas Enkel. Vor einem dieser Läden waren sie sich damals begegnet, und er hatte sie auf einen Cocktail eingeladen. Damals hatte sie noch nicht gewusst, dass er auf der Suche nach Antworten aus Norwegen nach Deutschland gekommen war. Seine Mutter hatte sich das Leben genommen, weil sie es nicht mehr ausgehalten hatte, der Häme ihrer Umgebung ausgesetzt zu sein. Das Kind des Deutschen, ein Tyskerbarn. Marie wusste, dass es vielen sogenannten Deutschenkindern nach Kriegsende schlecht ergangen war. Er hatte ihr das Tagebuch gestohlen und schlussendlich von Betty Antworten erhalten, die ihm halfen, den Tod seiner Mutter zu verarbeiten und seinen Frieden mit der Vergangenheit zu machen. Er war zu Bettys Beerdigung gekommen, was Marie ihm hoch anrechnete. Seit der Begegnung mit ihm wusste Marie, dass die Kenntnis der eigenen Herkunft einem durchaus helfen konnte, die Probleme des Lebens anzugehen, es besser werden zu lassen. Maries Blick streifte einen schmalen Sekretär, der in einem der Schaufenster stand. Auch sie selbst hatte Licht auf viele dunkle Stellen ihrer Familiengeschichte werfen können, hatte Betty gefunden und bei ihr Geborgenheit erlebt. Doch die war mit dem Tod ihrer Großmutter verflogen. Das Gefühl des Getriebenseins war zurückgekehrt, die gewohnte Rastlosigkeit, der fehlende Halt.

»Antiquitäten scheinen in dieser Stadt beliebt zu sein«, riss Elin sie aus ihren Gedanken.

»Obwohl ich mich frage, wie die ganzen Läden überleben können. Ich sehe niemals jemanden in den Geschäften«, sagte Gertrud, die den ausschweifenden Rotweinkonsum am besten weggesteckt zu haben schien und bester Laune war. »Mir wären praktischere Läden lieber, etwa ein Handarbeitsgeschäft mit viel Wolle. Ich gehe nämlich zu einem Stricktreff. Früher war ich ja nie für Handarbeiten, aber jetzt macht es mir plötzlich Freude, und ich kann schon richtige Muster stricken. Jeden Mittwochnachmittag treffen wir uns in einem Raum der Kirchengemeinde, und es gibt Tee und Plätzchen. Ich hab schon meinen ersten Schal gestrickt.«

Die drei liefen am Kochbrunnen vorüber, den Elin interessiert musterte. »Das Wasser dampft ja regelrecht«, sagte sie. »Und es riecht sonderbar.«

»Das liegt am Schwefel«, erklärte Gertrud. »Das Wasser ist sechsundsechzig Grad heiß und steigt aus zweitausend Metern Tiefe auf. Es hat eine wohltuende Wirkung beim Baden, Inhalieren oder Trinken. Und nicht nur das: Die gespeicherte Wärme wird zur Beheizung von Wohnungen und Gebäuden genutzt. Die Stadt hat quasi eine eigene Fußbodenheizung.«

»Wie praktisch«, erwiderte Elin. »So etwas könnten wir in Farsund auch gebrauchen.«

Sie erreichten die Kirchgasse, die zur Fußgängerzone Wiesbadens gehörte, in der es zahlreiche Geschäfte und Cafés gab. Es herrschte alltägliche Betriebsamkeit. Die Kleine Langgasse, in der das Haus von Karl-Theodor lag, war schwer zu finden. Beinahe wären sie daran vorbeigelaufen, denn man gelangte erst durch eine Art Durchgang, der etwas von einem Laubengang hatte, in die schmale Gasse. Ein Schild wies einen auf ein Pelzgeschäft hin, das dahinter war.

»Das soll also die gute Lage sein«, meinte Elin, als sie vor dem Haus mit der Nummer fünf stehen blieben. Es war ein winziges weißgetünchtes Häuschen, vermutlich um die Jahrhundertwende erbaut. Im Untergeschoss lag tatsächlich ein Ladengeschäft. Das Schaufenster war schmutzig und mit einem dunklen Vorhang versehen. Durch ein neben dem Haus liegendes Holztor, das einen neuen Anstrich nötig gehabt hätte, gelangte man in den Hinterhof. Maries Blick wanderte zu den oberen Fenstern. Es gab zwei Stockwerke mit jeweils zwei Fenstern. Alles in allem machten Haus und Gasse einen trostlosen Eindruck. Wie sollte man denn hierher Gäste locken?

Karl-Theodor tauchte auf. Er kam nicht durch den Durchgang zur Kirchgasse, sondern von der anderen Seite der Straße, die ganz normal in eine andere Gasse mündete. In einem nahe gelegenen Eckhaus war ein Ledergeschäft untergebracht. Karl-Theodor hatte einen jungen dunkelhaarigen Mann im Schlepptau und begrüßte sie fröhlich.

»Guten Tag, die Damen. So pünktlich. Das freut uns, nicht wahr, mein Junge?« Er sah kurz zu dem jungen Mann, dann fuhr er fort: »Darf ich euch meinen Enkel Tom vorstellen? Er studiert in Mainz und kommt mich neuerdings öfter besuchen. Ich rief ihn heute Morgen an, ob er bei der Besichtigung dabei sein möchte. Immerhin wird er das Häuschen erben, wenn ich mal nicht mehr bin.«

»Was hoffentlich noch lange dauert«, antwortete Tom und wünschte ihnen mit einem einnehmenden Lächeln einen guten Morgen. Tom gefiel Marie auf den ersten Blick. Er hatte braunes, wuscheliges Haar, war groß und schlank, trug einen Dreitagebart, und seine blauen Augen leuchteten regelrecht. In Gedanken ermahnte sie sich, dass sie hier waren, um ein Haus für ein Café zu besichtigen, nicht um Bekanntschaften zu machen.

»Hattest du nicht etwas von einer guten Lage gesagt?«, fragte Gertrud. »Es ist doch eher ziemlich versteckt, findest du nicht?«

»Wieso?«, fragte Karl-Theodor. »Wir sind mitten in der Innenstadt. Hier um die Ecke, keine hundert Meter weiter, ist doch der Landtag. Gut, es ist jetzt nicht erste Lage an der Kirchgasse, aber es lässt sich bestimmt was daraus machen. Ihr könntet ja wie der Pelzladen vorn ein Hinweisschild aufstellen.« Er deutete in Richtung Kirchgasse.

»Wollen wir nicht reingehen und uns das Haus von innen ansehen?«, schlug Marie vor. »Über Werbemaßnahmen können wir uns später noch unterhalten.«

»Genauso sehe ich das auch, Marie. Lasst uns das Häuschen erst einmal ansehen«, sagte Karl-Theodor, zückte den Schlüssel und schloss den Laden auf. Sie traten ein. Strom gab es keinen, weshalb es düster war. Tom schob den Vorhang vor dem Schaufenster zur Seite. Dämmriges Licht malte ein trostloses Bild. Wände und Decken waren mit dunklem Holz verkleidet, der alte Dielenboden knarrte unter ihren Füßen. Einige Regale, auf denen eine dicke Staubschicht lag, hingen an der Wand neben der Tür. Dem Eingang gegenüber gab es jedoch einen blaugefliesten Kachelofen, der Elins Aufmerksamkeit auf sich zog. Sie ging zu dem Ofen hinüber und wischte den Staub von seiner Oberfläche.

»Der Ofen ist hübsch. So einen ähnlichen hatten

wir in Farsund. Die Ofenbank war immer der Lieblingsplatz vom alten Börre. Jeden Tag um elf ist er gekommen und hat bei uns auf die Ankunft der Fischer gewartet. Er liebte unsere Fischfrikadellen und den Heringssalat.«

»Und er liebte deine Oma«, fügte Marie lächelnd hinzu.

»Ja, ich weiß.« Elin seufzte.

»Farsund?«, fragte Tom. »Das liegt in Norwegen, oder?«

»Ja«, erwiderte Elin. »Dort bin ich aufgewachsen.« In ihrer Stimme schwang Wehmut mit.

»Und von dort hat sie das beste Zimtschneckenrezept der Welt mitgebracht«, sagte Gertrud. »Diese Schnecken schmecken so gut, dass man sie glatt in einem Café verkaufen könnte.« Sie zwinkerte Elin zu.

»Von den großartigen Zimtschnecken habe ich schon gehört«, antwortete Tom. »Und davon, dass der Vermieter des alten Cafés Elin gekündigt hat und ihr auf der Suche nach einem neuen Laden seid. Nur den Umzug von Norwegen nach Wiesbaden hat mir mein alter Herr verschwiegen.« Er sah zu Karl-Theodor, der schulterzuckend anmerkte:

»Von wo nach wo ist doch nebensächlich. Ob Norwegen, Timbuktu oder Wiesbaden. Zimtschnecken schmecken überall.«

Marie besah sich die hölzerne Wandverkleidung näher. »Wäre schon passend«, sagte sie. »Aber die Farbe ist scheußlich. Das ist viel zu dunkel. Weiß wäre besser, dann würde der Raum gleich viel freundlicher wirken. Was meinst du, Elin?«

»Schon. Dazu eine gemütliche Fenster- und Ofenbank. Blaugestrichene Bänke und Tische. Dann würde auch der Kachelofen mehr zum Blickfang werden. Gibt es hier unten denn eine Küche?«

»Nein, leider nicht«, gestand Karl-Theodor. »Nur ein Hinterzimmer und ein Lager.« Er öffnete eine Tür im hinteren Bereich des Ladengeschäftes, und die anderen folgten ihm. Der Raum war leer und ebenfalls sehr dunkel. In der hinteren Ecke neben einem kleinen Fenster gab es ein Waschbecken, das seine besten Jahre lange hinter sich hatte. An den von Zigarettenqualm vergilbten Wänden sah man Spuren ehemaliger Regale.

»Hier gibt es nicht einmal einen Anschluss für einen Ofen. Wie soll man hier backen?«, sagte Elin und schüttelte den Kopf.

»Das ließe sich bestimmt einrichten«, meinte Karl-Theodor und sah hilfesuchend zu seinem Enkel, der nickte.

»Ein Freund von mir ist Elektriker. Er kann sich die Sache bestimmt mal ansehen.«

»Und woher sollen wir das Geld für die Küche und die Einrichtung nehmen?«, fragte Elin. »Hier gibt es nichts. Keine Theke, keine Stühle oder Tische, keinen Ofen, keine Regale oder Arbeitsplatten. Überall blättert die Farbe ab, es ist viel zu dunkel, die Wände sind vergilbt.«

»Wir haben es verstanden«, unterbrach Gertrud entschieden. »Ja, es sieht nicht gut aus. Es ist alt und heruntergekommen. Aber ich finde, dass es durchaus Charme hat.« Sie sah zu Karl-Theodor, dessen Miene schuldbewusst geworden war.

»Ich weiß. Ich hätte mich besser kümmern sollen. Die Leute von der Änderungsschneiderei haben sich auch häufig beschwert. Ständig fielen die Heizung und der Strom aus, und der alte Boiler im Bad tat seinen Dienst nicht mehr zuverlässig. Aber mir war das alles zu viel. Ich hab immer nur meinen alten Freund Oskar angerufen. Er hat einen Hausmeisterservice und kennt sich ein bisschen aus. Er meinte, er wolle in der Bruchbude auch nicht wohnen.« Karl-Theodor seufzte. »Es war ja nur so eine Idee. Ich kann schon verstehen, dass es euch zu schäbig ist. Ich sollte das Häuschen wohl doch endlich verkaufen. Immerhin ist das Grundstück ein hübsches Sümmchen wert, man würde das Haus gewiss abreißen. Aber das kann uns ja gleichgültig sein. Ich bin eben ein sentimentaler alter Mann und dachte, ich kann euch etwas Gutes tun. Es tut mir leid.«

»Abreißen?«, sagte Marie. »Aber das wäre doch schade. Gerade in der Innenstadt Wiesbadens braucht es solche alten Häuschen mit Charme. Gut, es ist heruntergekommen. Aber mit vereinten Kräften ließe sich etwas daraus machen. Oder was meinst du, Elin?« Sie sah ihre Freundin beschwörend an.

»Schon. Ein wenig Farbe, eine Küche und passende Möbel. Unser Café in Farsund hatte ja auch einen ganz einfachen Charme, entfernt von dem, was man in Oslo oder Kristiansand als schick bezeichnet. Unsere Stammkunden liebten es wegen der Gemütlichkeit und gerade weil es nicht perfekt war. Oma hat immer gesagt, wer neumodischen Plunder haben will, soll woanders hingehen. Es wäre schön, wenn dieses Café etwas von seiner warmen, natürlichen Atmosphäre hätte. Die Sache mit der Heizung und dem Strom kann ich nicht beurteilen. Aber das Gässchen gefällt mir. Es ist ruhig und macht einen entspannten Eindruck. Und unsere Besucher sollen doch einen Ort der Harmonie finden, wo sie zur Ruhe kommen können. Auf der belebten Kirchgasse geht das eben nicht. Könntest du uns vielleicht noch die Wohnungen zeigen?«, fragte sie Karl-Theodor.

»Aber gern«, erwiderte er. Seine Miene hellte sich auf. »Hier entlang. Aber erwartet nicht zu viel.« Er öffnete eine weitere Tür. Sie durchquerten einen kleinen Raum, der sich als Lagerraum eignen würde, und betraten ein schmales Treppenhaus. Eine steile Stiege führte in den ersten Stock. Die Wohnungstür war nicht verschlossen. Karl-Theodor öffnete sie, und sie betraten einen engen Flur, von dem drei Türen abgingen. Eine ins Bad, das nur ein winziges Fenster hatte und mit seinen grünen Fliesen eine Zeitreise in die Siebziger erlaubte. Über der kleinen Badewanne hing einer der erwähnten Boiler, der vermutlich aus demselben Jahrzehnt stammte. Der Wohnraum jedoch überraschte sie mit schönen alten Holzbalken, die den Wohnbereich von einer Küchenzeile abtrennten. Eine Tür führte ins Schlafzimmer, das zwar klein, aber groß genug für ein Bett und einen Schrank war.

»Es ist hübsch hier«, sagte Elin. »Gemütlich. Die Balken gefallen mir.«

»Die gibt es in der Wohnung obendrüber auch. Dazu noch Dachbalken.«

Elin trat ans Fenster und blickte auf die Gasse hinunter.

»Im Sommer könnten wir Bänke und Stühle vors Haus stellen. Da hier keine Autos durchfahren, ist das bestimmt kein Problem. Nur weiß ich noch immer nicht, mit welchen Mitteln wir das alles stemmen sollen.« Sie wandte sich um und sah Marie an.

»Ich könnte ja investieren«, meinte Karl-Theodor. »Immerhin gehört mir das Häuschen. Mit der Renovierung würde ich den Wert der Immobilie steigern.«

»Und die Möbel müssen doch nicht neu sein, oder?«, fragte Tom. »Der Vater eines meiner Kommilitonen hat in Mainz-Kostheim einen riesengroßen Trödelladen. Bei ihm gibt es nichts, was es nicht gibt. Bestimmt findet ihr dort eine günstige Inneneinrichtung, Geschirr und alles Mögliche, was ihr braucht.«

»Oh, ich liebe Trödelläden«, sagte Marie.

»Dann wirst du den vom alten Kalle ganz besonders lieben. Er füllt eine riesige Halle, und es gibt vom Schuhlöffel bis zur Waschmaschine so ziemlich alles bei ihm zu finden.«

»Auch eine Küche?«, fragte Elin skeptisch. »Wir bräuchten eine mit einem Gastronomiebackofen. Wenn wir ein Café auf die Beine stellen wollen, reicht ein normaler Backofen nicht.«

»Das kann ich nicht sagen. Aber wir können unser Glück auf jeden Fall versuchen. Und wenn Kalle keinen Ofen hat, dann kennt er bestimmt jemanden, der uns weiterhelfen kann, denn Kalle kennt alles und jeden in Wiesbaden und Mainz. Und beim Renovieren könnte ich euch helfen. Ich kenn mich ein bisschen aus, und im Moment sind noch Semesterferien.« Er sah zu Marie, die seinen Blick erwiderte. Ein lang vermisstes Glücksgefühl schlich sich in ihre Magengegend. Mach dir bloß keine falschen Hoffnungen, ermahnte sie sich. Es geht ums Geschäft, um die Zukunft. Sich nun ablenken zu lassen wäre dem genauso wenig zuträglich wie zu viel Rotwein.

»Also gut«, meinte Elin. »Mir gefällt das Haus. Und in Norwegen gibt es ohnehin kein Café mehr. Wir könnten es versuchen. Was meinst du, Marie?«

»Ja, das sollten wir«, antwortete Marie.

»Das wollte ich hören«, sagte Gertrud freudig.

»Wie schön«, meinte Karl-Theodor. »Ich verspreche euch, dass ihr diesen Entschluss nicht bereuen werdet.«

Kapitel 6

Noch am selben Nachmittag fuhren sie gemeinsam zu Kalles Trödelladen nach Mainz-Kostheim. Oder besser gesagt, zu seiner gigantischen Trödelhalle. Maries Augen wurden groß, als sie die Unmengen an Antiquitäten, Krimskrams und Möbeln in der alten Industriehalle sah, in der sich Kalle häuslich eingerichtet hatte. Der Mittfünfziger, der blaue Latzhosen und ein kariertes Hemd trug, war ihr auf Anhieb sympathisch. Er war groß und stämmig, hatte buschige Augenbrauen, ergrautes, schütteres Haar und passte perfekt zu seinem bunten Laden. Lächelnd begrüßte er Tom.

»Alter Freund, was treibt dich zu mir?«

»Ein neues Projekt, das dir gefallen dürfte«, sagte Tom. »Diese Mädels wollen ein Café eröffnen, und mein Großvater und ich greifen ihnen unter die Arme.«

Kalles Blick schweifte von Gertrud zu Elin und Marie.

»Was für hübscher Besuch in meinem Geschäft«, befand Kalle. »Ein Café, wie schön.«

»Wir brauchen so gut wie alles für die Einrichtung. Und es sollte möglichst günstig sein«, sagte Karl-Theodor. Kalles Miene trübte sich kurz, doch dann lächelte er wieder. »Natürlich. Günstig also. Weshalb sonst solltet ihr zu mir kommen? Was braucht ihr?«

»Alles«, antwortete Marie und begann aufzuzählen: »Möbel, Geschirr, Lampen, eine Küche mit Geräten ...«

»Gut, immer der Reihe nach«, unterbrach Kalle sie. »Das bekommen wir hin. Habt ihr eine gewisse Vorstellung, wie euer Laden aussehen soll? Irgendeine Richtung?«

»Wir wollen norwegische Backspezialitäten verkaufen«, sagte Elin. »Also sollte die Einrichtung ein gewisses nordisches Flair haben.«

»Nordisch«, wiederholte Kalle und kratzte sich am Kopf. »Irgendwo habe ich Leuchttürme und so was. Das ist aber eher friesisch, oder?«

»Ja, das ist es«, antwortete Marie, um ein Lächeln bemüht. »Es sollte eher schlicht sein, gradlinige Möbel mit Charakter wären schön.«

»Und es soll gemütlich sein«, ergänzte Gertrud.

»Das bekommen wir hin. Ich nehme an, ihr braucht Tische und Stühle für den Gastraum, oder? Wie es der Zufall will, hab ich gerade gestern was Passendes reinbekommen. Schlicht, aber in der Form mit dem gewissen Etwas. Roman wollte die Möbel eigentlich gar nicht nehmen, weil die Farbe abblättert und Arbeit reingesteckt werden müsste, um sie in den Laden zu stellen. Kommt mal mit.« Er bedeutete ihnen, ihm zu folgen. Es ging aus der Halle raus und über den Hof zu einem weiteren, etwas kleineren Lagerhaus. »Hier lagern wir die Stücke, die noch nichts für den Laden sind. Viele müssen restauriert oder auf ihre Funktion hin getestet werden. Wir kaufen ja auch Elektrogeräte. Vom Radiowecker bis zur Waschmaschine ist alles dabei. Roman?«, rief er in die Halle. Es dauerte einen Moment, bis eine Antwort zu hören war. »Chef?«

»Komm mal her, Roman. Kundschaft.«

Ein schlaksiger Bursche, der ebenfalls eine blaue Latzhose trug und darunter einen braunen Wollpullover, kam aus dem hinteren Teil der Halle.

»Warum bringst du die Kunden in dieses Chaos?«

»Das ist ein Kumpel aus der Band, Tom. Die Mädels brauchen alles für ein Café. Wir haben doch neulich die alten Tische und Stühle von der Musikschule abgeholt, wo sind die gelandet?«

»Die schäbigen Dinger? Ich weiß nicht, Chef. Die kannst du doch keinem verkaufen. Ich würde eher sagen, die gehören auf den Sperrmüll.«

»Das lass mal meine Sorge sein«, antwortete Kalle. »Sag einfach, wo wir sie finden.«

»Hinten links, neben dem alten Küchenbüfett aus der Haushaltsauflösung«, erwiderte Roman. »Der Fernseher der Alten geht noch, genau wie das Radio. Das ist noch aus den Vierzigern. Dafür findet sich bestimmt ein Liebhaber.«

Kalle führte sie an Umzugskisten und Regalen

vorbei, auf denen Lampen, Geschirr in allen Farben, Größen und Formen, Elektrogeräte aus den unterschiedlichsten Jahrzehnten kreuz und quer durcheinanderstanden. Im hinteren Teil der Halle angekommen, blieb Kalle vor den Möbeln stehen. Die Holzmöbel waren dunkelrot gestrichen, doch die Farbe blätterte ab, sie müssten abgeschliffen werden. Bei einem Stuhl war die Sitzfläche lose, was sich leicht reparieren ließe, versicherte Kalle. Elin nahm die Stühle genauer unter die Lupe, deren Form tatsächlich schlicht und gradlinig, aber einfach schön war. Kalle erklärte, dass sie aus Massivholz gefertigt seien. »Buche, die kriegt so schnell nichts klein.«

Es gab sechs Tische, einer davon etwas größer als die anderen. »Den hier könnten wir ans Fenster stellen«, sagte Elin und strich mit den Fingern über die Tischplatte. »Dazu eine Bank mit Sitzkissen.«

»Was willst du denn für die Tische und Stühle haben?«, fragte Tom.

»Vielleicht vierhundert«, schlug Kalle vor.

»Vierhundert? Für Ware, die dein Kollege auf den Sperrmüll werfen wollte? Das ist nicht dein Ernst, Kalle. In die Möbel muss viel Arbeit reingesteckt, einige Stühle müssen repariert werden.«

Elins Blick wanderte zu dem alten Küchenbüfett neben den Stühlen. Es war weiß gebeizt und schien aus den dreißiger Jahren zu stammen.

»Der Schrank ist auch hübsch«, sagte sie. »Er würde wunderbar in den Gastraum passen.«

»Der ist super erhalten. Für den bekomme ich im Laden mindestens fünfhundert«, sagte Kalle.

»Fein, dann nehmen wir also die Stühle, die Tische und das Küchenbuffet«, sagte Karl-Theodor. »Wir benötigen aber noch viele zusätzliche Dinge. Gewiss lässt sich ein Gesamtbetrag aushandeln, mit dem am Ende alle leben können.«

»Ich würde darauf eingehen, Chef«, sagte Roman. »Das wird bestimmt ein gutes Geschäft.«

»Wir benötigen auch noch eine Küche mit Geräten«, fügte Elin hinzu. »Wüssten Sie zufällig jemanden, der einen Gastronomiebackofen verkauft?«

»Hast du das gehört, Roman? Sie fragt mich, ob ich wüsste, wer so was verkauft. Das grenzt ja schon fast an Beleidigung. Ich muss niemanden wissen, der so was verkauft. So einen Ofen haben wir selbst. Erst letzte Woche haben wir ihn reinbekommen. Läuft einwandfrei, das gute Stück. Er steht schon im Laden, bei den anderen Öfen und dem Küchenzubehör. Kommt. Ich zeige ihn euch.« Es ging zurück in die Verkaufshalle, in der sich einige Kunden auf der Suche nach einem Schnäppchen herumtrieben. Eine ältere Dame fragte Kalle nach Geschirr von Villeroy & Boch aus der Serie *Mariefleur*.

»Könnten wir haben«, antwortete er. »Sehen Sie doch mal in den Regalen rechts hinten nach.«

Ein weiterer Herr wartete neben der Kasse mit einer Stehlampe, die er seiner Enkeltochter für ihre Studentenwohnung schenken wollte. Marie musterte das Unikum mit dem gelben Lampenschirm und den daran hängenden Fäden und sah zu Elin, die grinsend nickte. Bei aller Liebe: Diese Scheußlichkeit von Lampe könnte ihr Großvater gleich wieder mitnehmen.

Als der Kauf mit dem dazugehörigen Plausch abgewickelt war, der alte Herr schien ein Stammkunde zu sein, ging es zur Ofenbesichtigung. Und tatsächlich war der Ofen genau richtig für ihr Café und wurde auf die Liste der Dinge gesetzt, die sie kaufen wollten.

»Sonst noch was?«, fragte Kalle.

»Also ...« Marie sah zu Elin und Gertrud. »Ein paar Kleinigkeiten bräuchten wir schon noch, hauptsächlich Geschirr und Besteck, vielleicht etwas Deko.«

»Das könnte dauern«, bemerkte Tom.

»An was hattet ihr beim Geschirr gedacht?«, fragte Kalle. »Ich hätte da eine Serie Bistrogeschirr im Angebot. Teller und unterschiedlich große Tassen, sind hellblau. Alles in allem so fünfzig Teller und ungefähr dieselbe Anzahl Tassen. Das könnte doch zu eurem Norwegenthema passen, oder? Dazu noch ein paar Gläser für Latte macchiato, Kuchenplatten, normale Gläser. Und habt ihr schon einen Verkaufstresen, eine Kuchenvitrine? Ich hab früher in einem Café in der Mainzer Altstadt bedient. Ohne Vitrine wird es schwer. Leider hab ich so etwas gerade nicht da, aber ich kann mich umhören.«

Nun verschwand er zwischen den Regalen, wohin ihm Elin, Marie und Gertrud folgten, um das Geschirr auszusuchen. Tom und Karl-Theodor bewunderten indes einen alten Plattenspieler und begannen sich über die Vorzüge von Langspielplatten zu unterhalten.

Neben dem Bistrogeschirr entschieden sich Marie und Elin für ein weiteres Service mit gelben Tassen und Tellern, dazu kamen die Tortenplatten und drei alte Kaffeekannen, in die sich Gertrud verliebt hatte. Und sie suchten ein paar schöne Sitzkissen für die geplante Bank am Fenster aus, die sogar neu verpackt waren und irgendwo jahrelang in einem Hinterzimmer gelegen hatten.

»Ihr glaubt ja gar nicht, was die Leute alles anschleppen«, sagte Kalle kopfschüttelnd. »Neulich hat mir einer eine Michael-Jackson-Figur in Lebensgröße gebracht, der eine Hand fehlte. Das war schon bisschen gruselig. Ich bin zwar ein Freund von skurrilen Dingen, aber das war selbst mir zu viel. Wenn ihr wollt, könnt ihr noch ein bisschen stöbern.«

Elin und Marie nickten und schauten sich um. Ein altes zweisitziges Sofa gefiel ihnen, das sie jedoch aufgrund der Farbe nicht in die engere Wahl zogen. Weinrot passte nicht zum geplanten Raumkonzept. Sie bewunderten weitere Antiquitäten und wählten zwei Stehlampen aus. Einige alte Bilderrahmen brachten Elin auf eine Idee.

»Wir könnten die alten Bilder aus unserem Café in Farsund aufhängen«, sagte sie. »Die Schwarzweißfotografien zeigen Farsund und Loshavn, die Fischer und den Schärengarten. Sie erzählen so viele Geschichten.«

»Das ist eine wunderbare Idee«, sagte Marie. »Mit den Bildern bekommt das Café seinen ganz eigenen Charakter. Und auf einem von ihnen ist doch auch deine Oma abgebildet.«

»Ja, da steht sie als junge Frau vor dem Haus. Mehr als die Bilder und die schlichten Möbel werden wir gar nicht brauchen. Dazu der Ofen und gemütliches Licht. Oh, es wird sich wie zu Hause anfühlen.« Elins Augen strahlten.

Sie wählten noch Besteckkästen, Blumenvasen und eine alte Wanduhr aus, und Tom erinnerte daran, dass bald die Adventszeit begänne, weshalb noch Weihnachtsdekoration hinzukam. Am Ende war es eine stolze Summe, die Kalle von ihnen haben wollte, doch Tom schaffte es, ihn um ein gutes Drittel herunterzuhandeln. »Man könnte meinen, du kommst direkt von einem türkischen Basar«, murrte Kalle. Karl-Theodor, der selbst den Weihnachtsplunder, wie er die Dekoration bezeichnete, zur Investition in die Immobilie erklärte, übernahm den Betrag komplett.

Alles würde angeliefert werden, denn in den Kofferraum von Toms Corsa, mit dem sie hergekommen waren, passte kaum etwas, und sie wollten ja noch zum Baumarkt, um Wandfarbe zu holen. Die hölzerne Wandverkleidung sollte bleiben, aber einen weißen Anstrich bekommen, damit das kleine Lokal freundlicher und heller wirkte.

Als sie wieder in dem kleinen Haus ankamen, war es schon dunkel. Sie stellten Farbe und Pinsel ab und verabredeten sich für den nächsten Morgen zum Renovieren.

»Morgen früh müssten wir auch wieder Strom haben«, sagte Karl-Theodor, der während einer kurzen Pause in einem Schnellimbiss vor dem Baumarkt mit den Stadtwerken telefoniert hatte. »Den Papierkram wollen sie mir zusenden.«

»Und um die Heizung kümmert sich mein Kumpel Michi in den nächsten Tagen«, fügte Tom hinzu. »Er arbeitet bei einem Heizungsbauer in Biebrich. Mit seiner Hilfe läuft die Anlage bestimmt bald wieder wie am Schnürchen. Der Winter naht, und ihr sollt es ja schön warm haben.«

»Gut, dann machen wir Schluss für heute«, sagte Elin. »Im Dunkeln können wir ohnehin nicht vernünftig arbeiten. Dann sehen wir uns morgen früh wieder.«

Alle verabschiedeten sich mit kurzen Umarmungen. Als Tom Marie an sich drückte, kribbelte es in ihrem Magen. Sein Aftershave roch angenehm frisch, sein Dreitagebart berührte ihre Wange. Sie musste das in den Griff bekommen, und zwar schleunigst. Tom war nett, keine Frage. Aber wollte sie eine Beziehung beginnen? In Berlin war sie oft enttäuscht worden, was dazu führte, dass sie von Männern die Nase gestrichen voll hatte. Oder war sie diejenige gewesen, die enttäuschte? Was Männer anging, war Marie genauso rastlos wie bei der Jobsuche, und Gefühle hatte sie noch nie recht zulassen wollen. Zu schwer wog die Angst, verletzt zu werden, wieder jemanden gehen lassen zu müssen. In ihrem Leben hatte sie bisher noch jeden verloren, der ihr etwas bedeutet hatte.

Müde von dem langen Tag, kehrten Gertrud, Marie und Elin in Gertruds Wohnung zurück und bestellten Pizza bei Carlos, die Marie abholte. Während des Essens zeichneten sie erste Pläne für die Einrichtung des Cafés, diskutierten, wie der Verkaufstresen aussehen, wo Tische und Stühle stehen sollten. Während Marie und Gertrud engagiert bei der Sache waren, wurde Elin immer stiller. Als Marie es bemerkte, fragte sie:

»Was ist los, Elin?«

»Überstürzen wir es nicht? Ich frage mich, ob das nicht alles viel zu schnell geht.«

»Schon«, erwiderte Marie. »Aber du warst dir doch sicher, dass du wieder ein Café leiten willst, oder nicht?«

»Ja, aber am liebsten das von meiner Oma in Norwegen.« Elins Blick fiel auf das Rezeptbuch auf dem Tisch, und Tränen stiegen ihr in die Augen. »Ich vermisse sie so sehr. Ihre Fröhlichkeit und Tatkraft. Ich weiß nicht, ob ich ohne sie überhaupt die Kraft dazu finde.«

Marie wusste, was Elin meinte. Auch sie vermisste Betty. Niemals wieder konnte sie sie in die Arme nehmen, wo sie sich so geborgen gefühlt hatte, umgeben vom Duft von Chanel N° 5, der ihre Großmutter stets umgeben hatte. »Stil muss sein«, hatte Betty immer gesagt. »Und wenn es nur das Parfum ist.«

Mit einem Mal war Marie sich sicher, dass Betty ihre Pläne für das Café guthieße. Sie hatte nichts mehr als Stillstand gehasst. Und sicher hätte Jane dasselbe gedacht.

»Wir wissen beide, dass Jane gefallen würde, was wir machen«, sagte sie zu Elin. »Du hast es selbst gesagt: Sie war ein Mensch voller Tatkraft. Sie hätte noch heute Abend zu streichen begonnen, im Kerzenschein, wenn es denn nötig gewesen wäre.«

»Du hast recht, das hätte sie wohl«, erwiderte Elin und wischte sich die Tränen aus den Augen.

»Sie wäre stolz auf dich«, sagte Marie und nahm Elins Hand. »Weil du dich nicht unterkriegen lässt.«

Elin nickte. »Ja, das wäre sie. Also machen wir weiter. Und ich schreibe gleich morgen an meine Freundin Marte, dass sie mir die alten Bilder aus dem Café und Omas Trollfiguren schicken soll. Die passen perfekt auf den Kachelofen.«

»Das wollte ich hören«, sagte Gertrud und streckte sich gähnend. »Und es könnte gut werden.«

»Aber es steckt eine Menge Arbeit drin«, erwiderte Marie und schob sich das letzte Stückchen Pizza in den Mund, das sie mit einem Schluck Apfelsaftschorle hinunterspülte.

»Marte könnte bei der Gelegenheit gleich meine anderen persönlichen Dinge mitschicken«, sagte Elin. »Auf die Möbel aus meinem Zimmer werde ich wohl verzichten müssen. Gewiss würde der Transport mein Budget überschreiten. Andererseits werde ich dann alles neu kaufen müssen.«

»Das mit den Möbeln hatte ich mir auch überlegt«, sagte Marie. »Im Haus am Odde Berg standen ein paar schöne Stücke, die ich gern behalten hätte. Aber die Speditionskosten für den Transport wären viel zu hoch, ich hatte es angefragt.«

»Dafür bekommt ihr locker eine neue Zimmereinrichtung«, sagte Gertrud. »Ich habe heute bei Kalle ein sehr günstiges Sofa gesehen. Es muss ja nicht alles neu sein. Vielleicht findet sich ja auch im Internet was. Bei Ebay-Kleinanzeigen lassen sich gute Schnäppchen machen.«

»Du kennst dich mit Ebay aus?«, fragte Marie überrascht.

»Aber sicher doch. Ich mag zwar schon etwas älter sein, aber wie man einen Computer einschaltet, weiß sogar ich«, echauffierte sich Gertrud. »Meine Freundin Käthe aus dem Strickkurs verkauft ihre Stricksachen sogar in ihrem eigenen Onlineshop. Gut, beim Einrichten hat ihr ihr Enkel geholfen, aber sonst macht sie alles selbst, und sie ist schon achtundsiebzig.«

»Ebay ist eine gute Idee«, meinte Elin. »Und als Bett tut es für den Anfang auch eine Matratze. Wir werden in der nächsten Zeit sowieso nur zum Schlafen in den Wohnungen sein.«

»Du hast recht, aber für mich ist es schon wichtig, dass mein Zuhause ein bisschen gemütlich ist«, meinte Marie, der eine Matratze etwas karg vorkam. »Vorhänge wären nett. Ein Tisch und ein Fernseher.«

»Fernsehen wird überbewertet«, erwiderte Gertrud und gähnte erneut. »Kommt ja nur noch Mist. Kauf dir lieber ein gutes Radio. Das tut es auch.«

Marie grinste Elin an.

»Wir durchstöbern morgen mal die Angebote auf Ebay«, sagte diese. »Und ich schreibe noch heute Abend eine Mail an Marte. Ein paar größere Pakete oder einen Koffer durch die Welt zu schicken wird bestimmt nicht so teuer sein.«

»Und wenn ich richtig informiert bin, müssen wir die Eröffnung eines Cafés den Behörden melden«, sagte Marie. »Und immerhin willst du dauerhaft hierbleiben. Da brauchst du bestimmt eine Aufenthaltserlaubnis oder so was Ähnliches, weil Norwegen nicht in der EU ist.«

»Stimmt«, antwortete Elin und fügte seufzend hinzu: »Ich hasse Behörden, aber ich kümmere mich darum.«

»Wir haben viel zu tun«, sagte Gertrud. »Weshalb wir jetzt auch schlafen gehen sollten. Morgen früh um acht sind wir mit Tom zum Streichen verabredet.«

»Ach, das ist doch nicht früh«, antwortete Elin und winkte ab. »Meine Oma würde sagen: mitten am Tag.«

Kapitel 7

Marie tauchte die Farbrolle in den Eimer, strich die überschüssige Farbe an einem Gitter ab und stieg zurück auf den kleinen Tritt, den sie aus Gertruds Wohnung mitgebracht hatte. Sie trug einen gefalteten Zeitungshut auf dem Kopf und hatte ihren schäbigsten alten Pullover ausgewählt, bei dem es egal war, wenn sie ihn später wegwerfen würde. Neben ihr stand Tom, der eine Baseballkappe aufhatte und auch in alten Jeans und farbbekleckertem T-Shirt noch gut aussah, wie sich Marie eingestehen musste. Jeder seiner Blicke löste in ihrer Magengegend dieses herrliche Gefühl von Wärme aus, das sie nur allzu gut kannte – und weiterhin zu verdrängen gedachte.

»Wie lange wird Elin wohl weg sein?«, fragte Gertrud neben ihr, die ebenfalls einen Zeitungshut aufhatte und von oben bis unten mit zahllosen kleinen Farbsprenkeln übersät war.

»Keine Ahnung. Du weißt ja, wie das mit Behörden ist«, erwiderte Marie und zuckte mit den Schultern. »Die Mühlen des Gesetzes mahlen langsam oder, so wie gestern, gar nicht.«

»Also wegen Krankheit einfach so das Bürgerbüro

schließen, ist aber auch ein dicker Hund«, schimpfte Gertrud. »Als gäbe es in ganz Wiesbaden nur drei Mitarbeiter, die wüssten, wie man Pässe ausstellt.«

Sie schüttelte den Kopf, was dazu führte, dass ihr Zeitungshut zu Boden fiel. Als sie sich bückte, um ihn aufzuheben, schrie sie plötzlich auf. »O Gott, mein Rücken.« Sie griff sich ins Kreuz und blieb stocksteif nach vorn gebeugt stehen.

Marie stieg von ihrem Tritt und legte die Farbrolle zur Seite.

»Was ist passiert?«

»So ein Mist«, fluchte Gertrud und versuchte, sich aufzurichten, was ihr jedoch nicht gelang. »Hexenschuss«, brachte sie hervor.

»Wir brauchen einen Arzt«, sagte Tom und stützte Gertrud. »Kannst du dich setzen?«

»Wo denn?«, fragte Gertrud. »Gibt doch hier keinen Stuhl.«

»Richtig«, stellte Tom fest. »Wir sollten welche holen.«

»Sollen doch heute geliefert werden«, antwortete Marie und zückte ihr Handy. »Ich rufe den Notarzt.«

»Nein, das tust du nicht«, widersprach Gertrud. »Ist nicht mein erster Hexenschuss. Das wird schon wieder. Ich brauch nur ein paar Minuten.« Sie unternahm einen weiteren Versuch, sich aufzurichten, was erneut misslang.

»Blödes Kreuz aber auch«, schimpfte sie. »Ausgerechnet heute.«

»Also doch der Notarzt«, antwortete Marie und sah zu Tom, der einen hilflosen Eindruck machte.

»Nein, nein, kein Notarzt«, protestierte Gertrud stur. »Die bringen mich ins Krankenhaus, und wenn man in der Bude erst mal drin ist, dann kommt man nicht mehr raus. Ruf lieber Doktor Winkler an. Das ist mein Hausarzt. Er kommt und gibt mir eine Spritze. Dann geht es bestimmt wieder.«

»Nummer?«, fragte Marie.

»Bin ich das Telefonbuch?«, antwortete Gertrud. »Martin Winkler, Internist.«

Marie wählte die Nummer der Auskunft und wurde direkt zu dem Arzt weiterverbunden. Eine Sprechstundenhilfe meldete sich, die ihr, nachdem Marie ihr Problem geschildert hatte, mitteilte, dass das ganze Wartezimmer voll und der Doktor daher unabkömmlich wäre. »Aber Frau Kugler kann natürlich gern herkommen.«

In ihrer Stimme schwang genau jener Unterton mit, den Marie zutiefst verabscheute. *Wenn sie möchte, kann Ihre Freundin auch dort, wo sie gerade ist, einfach liegen bleiben und sterben*, fügte Marie zynisch in Gedanken hinzu, legte auf und sah Gertrud und Tom schulterzuckend an. »Er hat das Wartezimmer voll und kommt nicht. Was nun?«

Genau in diesem Moment öffnete sich die Tür, und Roman betrat gemeinsam mit einem weiteren, gedrungen wirkenden jungen Mann den Raum.

»Guten Morgen. Der Möbellieferdienst«, rief er

fröhlich. Dann blieb sein Blick an Gertrud und Tom hängen. »Was ist passiert?«

»Hexenschuss«, antwortete Gertrud.

»Das kenn ich«, sagte der andere. »Hab ich mindestens einmal im Jahr. Schlimme Sache. Da helfen nur eine Spritze und Ruhe.«

»Das weiß ich auch«, erwiderte Gertrud mit schmerzverzerrter Stimme. »Aber der Arzt will nicht kommen. Hat die Praxis voll.«

»Und eins-eins-zwei?«, fragte Roman.

»Will sie nicht«, antwortete Marie.

»Da kommt nur so ein Quacksalber, und dann schaffen sie mich ins Krankenhaus. Nein, nicht mit mir.«

»Altersstarrsinn«, rutschte es Roman heraus, wofür er sich einen bitterbösen Blick von Gertrud einfing. Abwehrend hob er die Hände und entschuldigte sich.

»Ich würde sie ja in die Praxis fahren«, sagte Tom. »Aber der Corsa ist heute Morgen mal wieder nicht angesprungen. Probleme mit der Batterie.«

Roman ahnte, was nun folgen würde, und kam der Frage zuvor.

»Also wird der Möbeltransport jetzt zum Krankentransport.«

»Das würdet ihr wirklich machen?«, fragte Marie erfreut. »Das ist aber nett.«

»Die Arztpraxis ist in der Kapellenstraße. Das ist nicht weit von hier«, fügte Gertrud hinzu.

»Dann bringt sie zum Auto, und wir fahren sie hin«, antwortete Roman.

Tom und Marie schafften es mit vereinten Kräften, Gertrud auf den Beifahrersitz des Lieferwagens zu hieven, was mit viel Gestöhne und Gejammer vonstattenging. Der gedrungene junge Mann, sein Name war Thorsten, setzte sich mit tröstenden Worten neben sie und schloss die Autotür.

Als der Wagen außer Sicht war, atmete Marie erleichtert auf.

»Liebe Güte. Dass sie aber auch so stur sein kann.«

»Zur Not hätten wir auch ein Taxi rufen können«, meinte Tom kopfschüttelnd. »Kaffee? Ich hole uns welchen bei Starbucks. Ich glaube, nach diesem Schrecken haben wir uns eine Pause verdient.«

»Gern«, erwiderte Marie. »Mit Milch und Zucker.«

Tom verschwand, und Marie ging zurück in den Laden, den sie schon ungefähr zur Hälfte gestrichen hatten. Durch die hellen Wände wirkte der Raum sofort freundlicher. Zwei von der Decke hängende Glühbirnen spendeten zusätzliches Licht, obwohl es draußen sonnig war. Ein goldener Oktobertag. Oktober. Plötzlich sah Marie ihre Großmutter vor Augen, wie sie im Warmen Damm neben dem Freiluftschach auf der Parkbank gesessen und sich geweigert hatte, nach Hause zu gehen, da sie das Essen im Altersheim verabscheute. Marie hatte sich neben sie gesetzt, und sie hatten zu reden begonnen. Betty hatte zum ersten

Mal von Norwegen gesprochen, sie selbst von ihrer Zeit in Berlin erzählt. Von den Pflegefamilien, ihrem unangenehmen Betreuer im Jugendamt, dem Verlust ihrer Eltern. Es war der erste Herbst seit ihrem Tod.

Die Erinnerung an diesen Moment trieb Marie die Tränen in die Augen. Heute wäre der perfekte Tag für Schach im Park und ein Stück Kuchen beim Maldaner gewesen.

»Ist alles in Ordnung?«

Marie sah hoch. Tom stand, zwei Kaffeebecher in den Händen, vor ihr und sah sie besorgt an.

»Ja, alles gut.« Sie blinzelte die Tränen weg. »Ich dachte nur gerade an meine Großmutter. Sie ist vor einigen Wochen verstorben.«

»An Betty«, sagte Tom und setzte sich neben Marie auf den Boden.

»Ja, an Betty. Sie bewohnte eine Weile das Zimmer neben deinem Opa im Haus Sonnenschein.«

»Ich weiß. Er spricht häufig über sie. Sie fehlt ihm.«

»Obwohl sie ihn oft ruppig behandelte«, erwiderte Marie und nippte an ihrem Kaffeebecher. »Sie war ein recht eigenwilliger Mensch. Doch als sie erfuhr, dass er Schach spielte, hat sie Zutrauen zu ihm gefasst. Am meisten verabscheute sie seine Pullunder. Sie sagte immer, sie seien so schrecklich altbacken.«

»Das glaub ich gern«, erwiderte Tom und lachte laut auf, kam dann jedoch wieder auf Betty zu sprechen.

»Opa meinte, sie hätte etwas mit dem Lebensborn zu tun gehabt. Früher soll das Haus Sonnenschein ja ein Heim dieses Vereins gewesen sein.«

»Das war es. Ist eine lange Geschichte.«

»Erzählst du sie mir?«, fragte Tom. »Mich interessieren solche Geschichten, und aus Opa ist nichts rauszubekommen. Er meinte, er will nicht indiskret sein. Das wäre er Betty schuldig.«

»Dein Großvater ist ja ein wahrer Gentleman«, sagte Marie und stieß Tom in die Seite. »Ihr Name war eigentlich nicht Betty«, sagte sie. »Sie hieß Lisbet. Lisbet Tensen. Sie ist in Loshavn aufgewachsen. Einem kleinen Dorf in Südnorwegen, das nur aus weißen Holzhäusern besteht und mitten im Schärengarten liegt. Sie verbrachte dort viel Zeit mit ihrer besten Freundin Oda, bis der Krieg kam und das Leben der beiden von Grund auf veränderte. Trotz aller Vorbehalte gegen die Deutschen verliebten sich die beiden in zwei Wehrmachtssoldaten, die später an die Ostfront geschickt wurden. Da waren die beiden jungen Mädchen aber schon schwanger und wurden von ihren Familien verstoßen. Betty hat damals schrecklich mit ihrer Mutter gestritten, und sie haben sich niemals wiedergesehen. Nur beim deutschen Lebensborn haben sie und Oda Unterstützung gefunden, sonst konnten sie nirgends mehr hin. Aber Oda starb bei einem Unfall, und meiner Großmutter wurde ihre Tochter Lieselotte, meine Mutter, von den Deutschen weggenommen. Es ist schrecklich, was geschehen ist. Oma erzählte mir, was sie damals immer zu Oda sagte: ›Und wenn uns alles zu viel wird, dann gehen wir nach Hause, zurück zu unserem Felsen.‹ Dort sind sie jetzt auch beerdigt. Diese beiden jungen Frauen, beste Freundinnen, die den Kopf voller Träume hatten, haben nie aufgehört, sich nach ihrem Zuhause in Loshavn zu sehnen. Die letzten zwei Jahre habe ich dort mit Betty in ihrem Elternhaus gelebt. Im Haus am Odde Berg. Sie liebte das Meer, den Schnee und das Nordlicht. All das hat sie in Wiesbaden sehr vermisst.«

Marie sah Betty vor ihrem inneren Auge am Fenster sitzen und hinausblicken. Wie sie sich doch danach sehnte, sie um sich zu haben. Plötzlich legte Tom seinen Arm um sie, und sie lehnte ihren Kopf an seine Schulter.

»Ich hätte so gern mehr Zeit mit ihr gehabt«, flüsterte Marie und begann nun doch zu weinen.

Tom wollte etwas Tröstendes sagen, kam jedoch nicht mehr dazu, denn im nächsten Moment wurde die Ladentür geöffnet und Elin betrat, einen jungen Mann mit einem Werkzeugkoffer im Schlepptau, den Laden.

Tom und Marie rückten sofort auseinander und sprangen auf.

»Meine Güte«, plapperte Elin sofort los. »Ich dachte schon, ich komme aus diesem Amt niemals wieder raus. Aber dann ging es schneller als gedacht, und die Dame, die sich um mein Anliegen kümmerte, war sogar einigermaßen freundlich. Schadet nie, wenn man auf Menschen trifft, die gerne mit den Hurtigrutenschiffen verreisen.« Unnötigerweise fügte sie hinzu: »Tom. Dein Kumpel Michi ist wegen der Heizung da.«

Michi schaute von Tom zu Marie und grinste breit, sagte jedoch nichts.

»Grüß dich, Michi«, begrüßte Tom seinen Freund. »Schön, dass du es so schnell einrichten konntest. Komm. Lass uns in den Keller gehen, dann kannst du dir den alten Kasten ansehen.« Die beiden verschwanden durch die hintere Tür im Treppenhaus.

»Wo ist Gertrud?«, fragte Elin und sah sich suchend um.

»Hexenschuss«, erwiderte Marie.

»Ach je. Und nun?«

»Roman hat sie zum Arzt gefahren.«

»Roman«, wiederholte Elin. »Der Roman vom Trödelladen?«

»Genau der«, bestätigte Marie. »Er und sein Kollege waren äußerst hilfsbereit. Sie kommen bestimmt gleich wieder, um die Möbel zu bringen.«

»Na schön«, antwortete Elin.

Erneut öffnete sich die Ladentür, und Karl-Theodor betrat den Raum.

»Guten Tag, die Damen. Ich wollte nur mal nach dem Rechten sehen und dachte, ihr möchtet vielleicht belegte Brötchen haben.« Verdutzt sah er von Elin zu Marie, dann zu den Wänden und auf die Farbeimer. »Wo ist Gertrud?«

»Hexenschuss«, sagte Marie.

»Oje. Das arme Mädchen. Ich hab ihr gleich gesagt, sie soll das mit der Streicherei lieber lassen. Ist nicht der erste Hexenschuss, den sie hat.« Er schüttelte den Kopf. »Kommt sie heute wohl noch wieder? Ich habe ihr extra die Camembert-Brötchen mit Preiselbeeren mitgebracht, die sie so gern hat.«

»Vermutlich nicht«, antwortete Marie. »Aber wir nehmen ihr die Brötchen gern mit nach Hause.«

»Ist bestimmt besser«, stimmte Karl-Theodor zu. »Wo ist Tom?«

»Im Keller bei der Heizung. Der Techniker ist gekommen«, antwortete Elin.

»Oh, prima. Dann geh ich mal hören, was der Fachmann zu sagen hat.« Karl-Theodor verschwand mitsamt Bäckertüte im hinteren Treppenhaus.

»Die Tüte hätte er ruhig hierlassen können«, bemerkte Elin.

»Wenn das so weitergeht, werden wir nie fertig«, erwiderte Marie. »Erst ein Hexenschuss, dann Brotzeit. So geht das nicht. Komm. Essen können wir später.« Sie setzte sich ihren Zeitungshut wieder auf, den sie zwischenzeitlich auf den Boden gelegt hatte.

Elin zog eine Grimasse, grummelte ein »Jawohl, Herr General«, zog ihre Jacke aus, faltete sich ebenfalls einen Zeitungshut und griff zu der Farbrolle, die zuvor Gertrud benutzt hatte. Doch dann kamen die Männer aus dem Keller zurück und brachten mittelprächtige Nachrichten mit. Die Heizung würde wieder laufen, allerdings vermutlich nicht mehr lange halten.

»Hat eben schon ein paar Jahre auf dem Buckel, das gute Stück«, sagte Michi. »Aber bis zum nächsten Sommer wird es schon gehen. Dann machen wir euch gern ein Angebot«, meinte er zu Karl-Theodor. Er wollte noch etwas hinzufügen, doch sein Handy klingelte. »Ein Notfall. Wasserrohrbruch. Macht es gut«, rief er noch, klopfte Tom auf die Schulter und verschwand.

Die Tür war hinter ihm noch nicht ins Schloss gefallen, da öffnete sie sich von neuem, und Roman betrat gemeinsam mit Thorsten den Laden. Sie brachten die ersten Stühle und stellten sie in der Mitte des Raumes ab.

»Alles erledigt«, vermeldete Roman. »Gertrud ist jetzt zu Hause und ruht sich aus. Ist wirklich eine nette Frau. Da hilft man doch gern.« Er grinste, wartete keine Antwort ab und ging wieder hinaus.

Elin sah zu Marie, die mit den Schultern zuckte. »Unsere Gertrud hat die beiden anscheinend um den Finger gewickelt.«

Sie legten ihre Farbrollen zur Seite und gingen gemeinsam mit Tom nach draußen, um den Männern beim Abladen der Möbel und Kisten zu helfen. Als alles ausgeladen war, verabschiedeten sich Roman und Thorsten und fuhren laut hupend von dannen.

»Ich bin jetzt erst einmal für eine ausgedehnte Mittagspause«, schlug Tom vor. »Nach all dem Trubel könnte ich einen Teller Spaghetti gebrauchen.«

»Ich auch«, stimmte ihm Karl-Theodor zu, der sich beim Ausladen zurückgehalten hatte, denn auch mit seinem Rücken stand es nicht zum Besten und er wollte nicht wie Gertrud enden. »Die belegten Brötchen, die ich mitgebracht habe, können wir heute Nachmittag essen. Mittags braucht man etwas Warmes. Wir könnten zu Luigi gehen. Das ist nur einen Katzensprung entfernt, und er bietet einen günstigen Mittagstisch an.«

»Nichts wie hin«, sagte Elin mit einem Lächeln.

»Aber heute Nachmittag wird weitergestrichen«, mahnte Marie. »Sonst wird das nichts mit der geplanten Eröffnung zum Beginn der Vorweihnachtszeit.«

Sie holten ihre Jacken, schlossen den Laden ab, gingen die Gasse hinunter und tauchten in den bunten Trubel der Fußgängerzone ein. Noch bevor sie den Italiener erreichten, blieb Elin abrupt stehen. »Jetzt hab ich es.«

Die anderen sahen sie verwundert an.

»Was hast du?«, fragte Marie.

»Na, den Namen. Uns fehlt doch ein Name für das Café. Wie wäre es, wenn wir es *Farsund* nennen?«

Sie sah Marie an, die zögernd nickte. »Keine schlechte Idee. Ist kurz und einprägsam. Kann man auch im Deutschen gut aussprechen. Wieso nicht? Was meint ihr?« Sie sah Karl-Theodor und Tom fragend an.

»Mir gefällt es«, antwortete Tom. »Kurz und kna-
ckig, ohne viel Schnickschnack.«

»Und mit Bezug zur Heimat«, fügte Karl-Theodor
hinzu.

»Dann nennen wir es so. *Café Farsund*«, sagte Marie. »Das würde Jane und Betty bestimmt gefallen.«

»Ja, das würde es«, antwortete Elin.

»Darauf sollten wir anstoßen«, sagte Karl-Theodor. »Jetzt hat das Kind einen Namen. So ein Ereignis
muss begossen werden.«

»Leider ist Gertrud nicht dabei«, sagte Marie.
»Aber wir können die Namensidee mit ihr ja heute
Abend noch feiern.« Leise wiederholte sie noch ein-
mal: »Café Farsund. Bestimmt wird uns dieser Name
Glück bringen.«

Kapitel 8

Marie rückte noch einen der beiden großen Wichtel aus Nadelfilz zurecht, die ihren Platz auf der Fensterbank gefunden hatten und mit ihren grauen Spitzhüten, den weißen Rauschebärten und den rundlichen Füßen ziemlich niedlich aussahen. Außerdem hatte sie schon eine große Holzlaterne, eine Lichterkette und einen schlichten weißen Vorhang angebracht. Die Elchgirlande hatte ihr Elin mit den Worten weggenommen, dass sie doch nicht bei IKEA wären. Solch ein Kitsch käme ihr nicht ins Café.

Die weißgestrichenen Wände zierten inzwischen Bilder aus dem ehemaligen Café in Farsund. Fischerboote auf dem Meer oder im Hafen, die alten Holzhäuser Loshavns und Farsunds, manchmal mit Bewohnern davor, Aufnahmen des Schärengartens. Hinter der Theke hing eine Fotografie von Elins Oma, wie sie vor dem Haus stand. Sie würde immer gut auf sie achtgeben. Elin waren die Tränen in die Augen gestiegen, als Marie es aufgehängt hatte.

Stühle und Bänke hatten sie weiß lasiert, die Tischplatten holzfarben gelassen. Darauf standen kleine Körbchen mit Moos, Tannengrün und Kerzen darin.

Vor dem Eingang begrüßte ein etwa achtzig Zentimeter großer hölzerner Troll die Gäste mit einem Lächeln. Neben ihm stand eine große Laterne, die ihnen Kalle spontan vorbeigebracht hatte. Er und auch Roman schienen sich in das Café regelrecht verliebt zu haben. Ständig tauchten sie in den letzten Wochen auf, brachten etwas mit und boten ihre Hilfe an. Auch beim Bau der Theke hatten sie geholfen, und Roman hatte ein elektrisches Schleifgerät angeschleppt, wofür Marie ihm mehr als dankbar gewesen war, denn nach drei Tagen Stühle mit der Hand abschleifen hatte ihr alles weh getan und sie hatte selbst im Schlaf noch weitergearbeitet. Mit dem Gerät war es dann schnell gegangen, und sie hatten Stühle und Tische neu streichen können. Auch eine Kuchenvitrine hatte sich gefunden. Die Gastronomiekaffeemaschine war gemietet. Um das beste Angebot zu finden, hatten sie mit mehreren Vertretern unterschiedlicher Firmen gesprochen. Eine neue Maschine anzuschaffen, die dem täglichen Bedarf eines Cafés gerecht werden würde, erlaubte das Budget nicht, aber die gemietete wurde von der Firma gewartet, und es gab einen Reparaturservice. Als die Maschine geliefert worden war, hatte ihnen der Vertreter eine Einweisung gegeben, und inzwischen verstanden sich sowohl Marie als auch Elin darauf, alle erdenklichen Arten von Kaffee perfekt zuzubereiten. Wenn Marie da an das Café in Farsund dachte. Dort hatte es nur einfachen Filterkaffee, drei verschiedene Teesorten und natürlich Glögg gegeben. Aber damit brauchten sie in der Wiesbadener Fußgängerzone gar nicht erst anzufangen. Hier musste die Kaffeeauswahl schon etwas mehr bieten.

Trotz einiger Schwierigkeiten waren sie mit der Renovierung im Zeitplan geblieben. Jetzt war es Ende November, und die Weihnachtszeit stand vor der Tür. Es hatte sogar schon zum ersten Mal geschneit, was für Wiesbaden untypisch war. Karl-Theodor prognostizierte ihnen einen kalten Winter, auch wenn es in Wiesbaden oft mild blieb. Aber vielleicht wäre es ja ein gutes Omen für ihr norwegisches Café, wenn es dieses Jahr anders käme. Ein kalter Winter und Norwegen passten in jedem Fall zusammen.

»Jetzt müssten sie bald mit dem Schild kommen«, sagte Gertrud. Sie räumte gerade die letzten Strickwaren in das weißgestrichene Regal, das in der Nähe des Eingangs stand und mit einer Lichterkette dekoriert war. Gertrud hatte vorgeschlagen, Strickwaren im Laden anzubieten. Einige Damen in ihrem Kurs waren wahre Profis und ein norwegisches Muster ein Kinderspiel für sie. Damit könnten sie sich ein nettes Zubrot verdienen. Auch sie selbst hatte die letzten Wochen fleißig gestrickt. Ein Paar rote Handschuhe, ein rot-blau gestreifter Schal und eine passende Mütze stammten von ihr. Nachdem sie den Hexenschuss gehabt hatte, hatten sie ihr untersagt, sich im Laden körperlich zu betätigen, weshalb sie dazu übergegangen war, ihnen strickend Gesellschaft zu leisten, Proviant zu holen, Kaffee zu kochen und sie zur Arbeit anzuhalten. Nicht nur einmal hatte Elin sie als Feldwebel bezeichnet.

»Stimmt. Wie aufregend, dann bekommt unser Café endlich seinen Namen.«

»Wie sieht es denn mit dem Kuchen aus?«, fragte Gertrud.

»Du meine Güte. Den hätte ich beinahe vergessen«, rief Marie und eilte in die Küche. Gertrud folgte ihr.

Aus dem düsteren Hinterzimmer war eine hübsche Küche geworden, in der es sich hervorragend arbeiten ließ. Unter dem Fenster gab es nun eine große Arbeitsplatte, die genügend Platz bot. Der gebrauchte Ofen funktionierte einwandfrei. Die Wände waren hellgelb gestrichen worden, was den freundlichen Gesamteindruck hob, und sie hatten ausreichend Schränke und Regale eingebaut, um alles unterzubringen. Und einen großen Kühlschrank für ihre frischen Zutaten und zum Deponieren von Kuchen oder Torten.

Marie öffnete die Ofentür, und sofort wurde die Küche vom herrlichen Duft des Streuselkuchens geflutet, der sich darin befand.

Auf der Arbeitsplatte warteten weitere Backwaren darauf, ins Café gebracht zu werden. Boller und Zimtschnecken, aber auch ein riesiger Teller mit frisch gebackenen Waffeln und natürlich der norwegische Nationalkuchen Kvæfjordkake. Heute waren die vielen Backwaren aber nicht für ihre Kundschaft gedacht, sondern für all die guten Freunde, die ihnen in den letzten Wochen zur Seite gestanden hatten. Eingeladen waren Kalle, Roman und Thorsten, der eine perfekte Verkaufstheke konstruiert hatte. Dazu kamen die Damen vom Stricktreff, Michi, der Heizungsbauer, und natürlich Karl-Theodor, dessen Stimme nun zu hören war.

»Ist da jemand? Marie, Gertrud?«

»Der erste Gast«, sagte Gertrud und ging in den Laden, um ihn zu begrüßen.

Marie folgte ihr.

»Da sind die Damen ja. Wie ich sehe, bin ich mal wieder zu früh.«

»Das macht doch nichts«, erwiderte Gertrud lächelnd, half ihm aus dem Mantel und hängte diesen an den hölzernen Garderobenständer, der in der Ecke neben dem Strickregal stand. »Die anderen müssten auch jeden Moment kommen. Ich freu mich schon so auf das Schild. Es wird großartig aussehen.« Sie klatschte freudig in die Hände. »Café Farsund ist genau der richtige Name. Gewiss wird ihn in Wiesbaden bald jedes Kind kennen.«

Karl-Theodor nickte und ließ seinen Blick wohlwollend durch das Café schweifen.

»Es ist so gemütlich geworden. Wenn man bedenkt, was für eine Bruchbude es noch vor wenigen Wochen gewesen ist. Das habt ihr wirklich großartig gemacht.«

»Das haben wir alle gemeinsam großartig gemacht«, antwortete Marie. »Und ohne dich gäbe es das Café sowieso nicht. Elin und ich wissen gar nicht, wie wir uns jemals dafür revanchieren können.«

»Ach, ich hätte da schon eine Idee. Jeden Tag ein feiner Tee und eine leckere Zimtschnecke oder eine Waffel mit warmen Kirschen und Sahne. Und ein reserviertes Plätzchen am Kachelofen. Das würde mir schon reichen.«

»Den Stammplatz hast du sicher. Und so viele Zimtschnecken, wie du essen kannst.« Marie legte den Arm um Karl-Theodor, drückte ihn an sich und gab ihm einen Kuss auf die Wange, was seine Augen zum Strahlen brachte.

»Siehst du, Gertrud«, sagte er. »So wird sogar ein alter Mann wie ich noch mal von einem jungen Mädchen geküsst.« Er grinste.

Ein vorfahrender Wagen hinderte Gertrud daran, Antwort zu geben. Aus dem weißen Lieferwagen stiegen Elin, Tom und Kalle.

»Sie sind da«, rief Gertrud freudig und stürmte aus dem Café.

Kalle öffnete den Kofferraum des Lieferwagens, holte das in eine Decke gehüllte Schild heraus und trug es in den Laden. Tom und Elin folgten ihm. Elin strahlte über das ganze Gesicht. »Es ist so schön geworden. Du wirst staunen.«

Kalle legte das Schild auf den großen Tisch am Fenster, und gemeinsam wickelten sie es aus der Decke.

Der Untergrund war in einem dunklen Blauton gehalten, die leicht verschnörkelte, aber gut lesbare Schrift darauf in Cremeweiß.

»Es ist perfekt. Genau so, wie es sein soll«, sagte Elin und strich mit Tränen in den Augen über den Schriftzug.

»Jetzt muss es nur noch draußen angebracht werden«, sagte Kalle und blickte sich suchend um. »Sind Roman und Thorsten schon da?«

»Nein«, antwortete Marie.

»Dann sind sie bestimmt wieder bei Walters Futterkrippe hängengeblieben«, grummelte Kalle. »Daran kann Roman ab zwölf Uhr mittags nicht vorbeifahren, ohne eine Currywurst mit Pommes zu essen.«

»Wofür ich durchaus Verständnis habe«, ergänzte Tom lachend. »Die Pommes von Walters Futterkrippe sind die besten von ganz Wiesbaden.«

»Das mag sein. Aber wenn sie nicht bald kommen, wird das nichts mit der feierlichen Taufe mit Schild an der Wand.«

Im nächsten Moment öffnete sich die Ladentür, und Roman und Thorsten betraten den Laden.

»Walters Futterkrippe«, meinte Kalle zur Begrüßung, und die beiden zogen die Köpfe ein.

»Jetzt hab dich doch nicht so, Chef«, sagte Roman. »Wir sind doch fast pünktlich. Das halbe Stündchen. Hungrige Männer können nicht anständig arbeiten.«

»Womit er recht hat«, pflichtete ihm Karl-Theodor bei.

»Na meinetwegen«, grummelte Kalle. »Lasst uns loslegen, damit wir feiern können.« Die beiden nickten und verließen gemeinsam mit Tom und Kalle den Laden.

Vor dem Schaufenster wurden Leitern aufgestellt, eine Kabeltrommel für die Bohrmaschine rausgeholt. Es dauerte nur eine halbe Stunde, bis das Schild an Ort und Stelle, mittig über dem Schaufenster und direkt unter den drei schmalen Lampen, die ein Elektriker die Tage angebracht hatte, hing. Das Café Farsund sollte schließlich auch im Dunkeln sichtbar sein. Noch während die Männer arbeiteten, trudelten die ersten Damen des Stricktreffs, es waren Elfriede, Sieglinde und Käthe, ein, ihnen folgte Thorsten. Marie, Elin und Gertrud verteilten den Sekt auf die Gläser und reichten diese herum. Es wurde fröhlich angestoßen, und Elin hielt sogar eine spontane Rede, in der sie allen Helfern dankte und Karl-Theodor lobend hervorhob. Nachdem die Sektgläser geleert, das Schild über dem Eingang und das Café bewundert worden waren, verteilten sich die Gäste auf die Tische, und es wurde bis in den Abend hinein gelacht und erzählt. Schnell waren sämtliche Backwaren verzehrt, besonders für die Zimtschnecken gab es großes Lob. Marie saß eingekesselt zwischen Käthe und Elfriede, die beide über achtzig waren und gutgelaunt Kalauer über ihre verstorbenen Ehemänner zum Besten gaben.

»Mein Klaus-Dieter ging ja immer gern zum Angeln«, begann die eine, ihr Name war Irmgard, zu erzählen.

Marie sah zu Tom, der ihren Blick erwiderte und ein Schulterzucken andeutete. Auch er schien Klaus-Dieter und seine Angelerlebnisse nicht besonders spannend zu finden. Er saß neben Karl-Theodor und Kalle, die sich über die alte Geschichte der falschen Stadtaufteilung austauschten. Es konnte doch nicht sein, dass ehemalige Mainzer Stadtteile zu Wiesbaden gehörten, nur weil die Amerikaner das damals nach dem Krieg so eingeteilt hatten. Toms Augen wanderten zur Tür und wieder zu Marie. Sie verstand, was er andeutete, nickte, erhob sich mit einer Entschuldigung und verschwand in der Küche. Von dort ging sie in den hinteren Flur und in ihre Wohnung, um ihre Jacke zu holen. Inzwischen hatten Elin und sie auch die oben liegenden Zimmer bezogen. Elin unter dem Dach, sie selbst im ersten Stock. Bei Kalle hatte sie ein kleines Sofa und einen Fernseher entdeckt, wofür er ihr einen guten Preis gemacht hatte. Ein alter Koffer wurde zum Sofatisch umfunktioniert, darauf standen ein Kerzenständer und ein benutztes Glas von gestern. Als Bett diente eine Matratze, als Schrank eine Kleiderstange. Es war nicht übermäßig komfortabel, aber es war ihr eigenes kleines Reich, wohin sie sich zurückziehen konnte. Im Treppenhaus entschied sie sich, das Haus über den Hinterhof zu verlassen. So entging sie etwaigen Fragen. Vor dem Tor wartete Tom auf sie.

»Danke für die Rettung«, sagte sie mit einem Schmunzeln auf den Lippen. »Noch eine Geschichte dieser Art hätte ich nicht ertragen.«

»Keine Ursache.« Er zwinkerte ihr zu, während sie die kleine Gasse verließen und Richtung Hessischer Landtag liefen. Auf dem davorliegenden Schlossplatz warteten die Buden des Weihnachtsmarkts auf dessen Eröffnung, die am nächsten Tag sein sollte.

»Schon wieder Weihnachten«, sagte Marie, als sie an den geschlossenen Verkaufsständen vorbeikamen. »Betty mochte das Fest sehr gern, auch den Wiesbadener Weihnachtsmarkt liebte sie. Sie fand den Namen so hübsch. Sternschnuppenmarkt. Das letzte Fest haben wir in Norwegen gefeiert. In Loshavn, bei bitterer Kälte. An Heiligabend hat sie sogar die Mandel im Haferbrei gefunden. Sie hat sich wie ein kleines Kind darüber gefreut.« Maries Stimme klang wehmütig. Sie erreichten die Marktkirche und gingen daran vorüber Richtung Wilhelmstraße.

»Mandel im Haferbrei?«, hakte Tom nach.

»Es ist ein norwegischer Brauch. Es gibt einen Haferbrei, in dem eine Mandel versteckt wird. Wer sie findet, hat im nächsten Jahr viel Glück. Nur leider ist die Prophezeiung bei ihr nicht eingetroffen, denn sie ist in diesem Jahr gestorben.« Marie machte eine kurze Pause, dann fügte sie hinzu: »Sie fehlt mir so. Bevor ich sie kennenlernte, wusste ich gar nicht, wie es sich anfühlt, einem Menschen auf diese Art nahe zu sein.«

»Was ist eigentlich mit deinen Eltern?«, fragte Tom.

»Sie sind gestorben, als ich zwei war. Ein Autounfall«, antwortete Marie. »Natürlich trauere ich auch um sie. Aber ich habe sie ja nie richtig kennengelernt. Als Kind hab ich mir immer Begebenheiten ausgemalt, die wir gemeinsam erlebten. Wir fuhren zusammen an die Ostsee in den Urlaub, Papa baute mit mir eine Sandburg, Mama kaufte mir einen Sonnenhut. Ich träumte mich in ein Haus mit Garten, in dem es einen Baum mit einer Schaukel daran gab. Papa schubste mich an und lachte dabei. So blieben sie für mich stets vertraute Fremde, aber nicht mehr. Doch Betty gab es wirklich. Ich konnte sie umarmen, mit ihr lachen und streiten, mit ihr schweigen. Sie war meine Familie.« In Maries Augen traten Tränen.

Tom legte behutsam den Arm um sie und zog sie eng an sich. Einen Moment lang standen sie nur so da, dann sagte er: »Ich habe mit meinem Vater gestritten und lange kein Wort mit ihm gesprochen. Erst kurz vor seinem Tod versöhnten wir uns, und ich versprach ihm, wieder Kontakt zu meinem Großvater aufzunehmen und ihm einen Brief von ihm zu übergeben. Die beiden hatten jahrzehntelang kein Wort miteinander geredet. Anfangs wollte ich nicht zu Karl-Theodor gehen. Für mich hatte das Wort Familie keine Bedeutung, zumindest keine positive. Meine Mutter hat uns verlassen, als ich gerade mal drei war. Großgezogen wurde ich von einer Tante, die mich stets spüren ließ, dass ich nicht ihr Kind war. Sie ist vor einigen Jahren an Krebs gestorben. Doch als ich Karl-Theodor gegenüberstand, habe ich sofort gemerkt, dass da zwischen uns etwas war. Ein Gefühl von Zusammengehörigkeit. Es ist schwer zu beschreiben.« Er sah Marie an.

Sie nickte. Seine ehrlichen Worte berührten sie, doch überrumpelte er sie auch ein wenig damit. Sie kannten sich doch kaum. War es gut, bereits jetzt über so Vertrautes zu sprechen? Sollte sie zulassen, dass er ihr so nahekam?

Er hob die Hand und berührte ihre Wange. Plötzlich näherten seine Lippen sich den ihren. Da wich sie zurück.

»Es geht nicht«, brachte sie hervor. »Es tut mir leid.«

Sie ließ ihn stehen und rannte davon. Ziellos lief sie durch die Straßen. Irgendwann stand sie vor dem Freiluftschach im Warmen Damm, das im Licht einer Parklaterne vor ihr lag. Eine Weile starrte sie das Spielfeld nur an. Dann räumte sie die Figuren aus der Kiste, stellte eine nach der anderen an ihren Platz, begann zu spielen und glaubte, Bettys Stimme im Ohr zu haben.

Sie schlug einen Bauern, setzte die imaginäre Betty ins Schach und verlor am Ende gegen sich selbst. Genau in diesem Moment begann es zu schneien. Zuerst nur sacht, dann stärker. Wie Watte fielen die Schneeflocken im Licht der Laterne zu Boden.

Marie beobachtete, wie die Schneeflocken auf das Spielfeld fielen, und ließ die Schultern hängen. Plötzlich kam ihr eine Erinnerung in den Sinn. Sie dachte daran, wie Betty ihr an einem Spätnachmittag im Winter, es hatte ähnlich heftig geschneit wie jetzt, von Oda erzählt hatte.

»Lisbet und Oda, wir waren eine Einheit«, hatte sie gesagt. Oda war durch Bettys Worte wieder lebendig geworden. Die junge Sami mit dem dunklen Teint und dem dunklen Haar. Sie war sprunghaft und lebendig, für jeden Unsinn zu haben. Betty hatte sie stets um ihre Schönheit beneidet. Ihr Vater betrieb einen kleinen Laden in Loshavn, den es längst nicht mehr gab. In dem Haus sind heute Ferienwohnungen, wie fast überall im Ort. In Bettys Augen war ihr Heimatdorf längst seelenlos geworden. Sie hatte an jenem Nachmittag auch von ihrer Mutter gesprochen. Von der zierlichen Frau, die ihr das rote Haar und die helle Haut vererbt hatte und die sie seit ihrem Zerwürfnis über Bettys Schwangerschaft nie wiedergesehen hatte. Ein norwegisches Mädchen liebte keinen Deutschen, liebte nicht den Feind. Doch was verstand die Liebe schon vom Krieg?

Eine ganze Weile beobachtete Marie noch die Schneeflocken, dann stand sie auf, räumte die Spielfiguren in den Kasten und ging zum Café zurück.

Dort verabschiedeten sich Elfriede und Käthe gerade von Elin und Gertrud.

Erstaunt sah Elin sie an.

»Marie, wo kommst du denn her?«

»Ich war nur ein wenig an der frischen Luft«, antwortete Marie und ging an Elin vorbei ins Café, wo Karl-Theodor gerade seinen Mantel anzog. Kalle und die anderen waren bereits gegangen.

»Ach, da bist du ja«, sagte Karl-Theodor. »Du wurdest vermisst.« Er musterte sie genauer. »Ist alles in Ordnung?«

Marie nickte. »Ja, das ist es. Mir dröhnte nur ein wenig der Kopf. War ein bisschen viel heute.«

»Nicht nur heute«, sagte Karl-Theodor. »Die letzten Wochen waren anstrengend für euch. Das darf einem ruhig mal zu viel werden. Ruh dich aus, Mädchen.« Er murmelte einen Abschiedsgruß, setzte seinen Hut auf und verließ das Café. Marie sah ihm einen Moment nach, dann holte sie ein Tablett und begann den Tisch abzuräumen.

Elin betrat den Laden und schloss hinter sich die Tür ab.

»Tom«, sagte sie nach einem Moment des Schweigens.

»Es ist nichts«, wiegelte Marie ab.

»Du denkst wohl, ich bin blind«, sagte Elin. »Natürlich ist da was zwischen euch. Ich hab euch vorhin weggehen sehen.«

»Ja, das mag sein, aber …«

»Lüg mich nicht an«, drohte Elin.

»Gut, er wollte mich küssen«, gab Marie zu. »Aber ich hab es nicht zugelassen. Ich weiß nicht, ob ich schon dazu bereit bin, mich auf jemanden einzulassen. Und im Moment müssen wir unsere Energie doch in das Café stecken. Eine neue Beziehung wäre nur hinderlich.«

»Wenn du meinst«, antwortete Elin.

»Es ist nur ...« Marie stockte, dann setzte sie neu an: »Er wollte mich küssen, aber ich habe es nicht zugelassen. Ich bin ihm einfach ausgewichen und weggelaufen.«

»Du bist was?«

»Weggelaufen«, wiederholte Marie. »Es war ein Impuls. Ach, ich weiß nicht. Es war dumm, oder? Aber vielleicht doch vernünftig. Immerhin ist er der Sohn unseres Vermieters.«

»Na prima«, antwortete Elin und sank auf die Sitzbank.

Marie setzte sich neben sie. Einen Moment sagte keine von beiden etwas. Elin war diejenige, die das Schweigen brach.

»Oma hat immer gesagt, Liebe und Vernunft gehören nicht zusammen. Und dich und mich gibt es nur, weil sie recht hatte – weil unsere Großmütter wider die Vernunft gehandelt haben. Wenn man liebt, bewahrt einen auch kein Ausweichen oder Weglaufen vor seinen Gefühlen.« Tränen schimmerten in ihren Augen. Sie sah Marie an. »Mein Opa muss sie geliebt haben, oder? Sonst hätte er doch nicht so abweisend auf mich reagiert. Meinst du, es könnte einfach sehr schmerzhaft für ihn gewesen sein, mich zu sehen?«

»Vielleicht«, antwortete Marie. »Vermutlich werden wir es nie erfahren. Komm. Lass uns nach oben gehen. Es war ein langer Tag. Aufräumen können wir morgen.«

Marie stand auf und hielt Elin die Hand hin, die diese ergriff. Die beiden verließen den Gastraum, und Marie löschte das Licht. Die Einweihungsparty war vorbei. Morgen ging der Alltag weiter. Daran, dass sie mit Tom reden musste, wollte sie jetzt lieber nicht denken.

Kapitel 9

Es roch verbrannt, als Marie in die Küche kam. Auf der Arbeitsplatte lag ein Blech mit kohlrabenschwarzen Bollern. Von Elin war weit und breit nichts zu sehen. Marie ahnte, was los war. Sie betrat das noch im Dunkeln liegende Café. Elin saß am Fenster.

»Ich kriege das nicht hin«, sagte sie.

Marie setzte sich neben sie. Ein Hauch Kaffeeduft, vermischt mit den Gerüchen des unterschiedlichen Gebäcks, hing im Raum. Es schneite, und die kleine Gasse war von einer dünnen Schneedecke überzogen, die im Laufe des Tages wegtauen würde. Marie sah den Schneeflocken schweigend dabei zu, wie sie im Licht einer Straßenlaterne zu Boden fielen.

»Früher sind mir die Boller nie verbrannt«, sagte Elin. »Es ist wie verhext. Die Waffeln kleben am Eisen fest, die Zimtschnecken wollen nicht aufgehen, und die Boller werden Briketts. Und über Kundschaft brauchen wir gar nicht erst zu reden. Jetzt haben wir seit einer Woche geöffnet, und es kommt kaum jemand zu uns ins Café. Es wäre besser gewesen, ich wäre nach Norwegen zurückgeflogen. Dieses Café ist eine Schnapsidee, viel zu spontan.«

»Mir fehlt Betty«, ging Marie nicht auf Elins Worte ein. »Ich kenne Wiesbaden nur mit ihr. Ich wünschte, ich würde noch einmal beim Schach gegen sie verlieren, könnte neben ihr im Bus sitzen, all diese ganz einfachen Dinge. Doch sie ist fort. Genauso wie Jane fort ist. Wir müssen lernen, ohne die beiden klarzukommen. Ohne sie wieder glücklich zu werden.«

»Ich weiß.« Elin weinte. »Aber ich vermisse sie so sehr, und auch Norwegen. Farsund, den Hafen, die Fischer. Es ist nett hier, und alle bemühen sich. Aber es ist nicht dasselbe.«

Marie wusste, was Elin sagen wollte. Sie hatte Heimweh. Marie fragte sich, ob sie sich eigentlich schon einmal nach einem Ort gesehnt hatte. Vielleicht nach Loshavn. Aber auch dieser Ort war ihr nicht wirklich zur Heimat geworden. Zu kurz war sie dort gewesen. Und Berlin? War das Heimat für sie? Mit diesem Begriff verband man Geborgenheit, ein Gefühl der Zugehörigkeit. Heimisch hatte sie sich dort nie gefühlt. Die Stadt hatte ihr nur Unglück gebracht. Oder war sie ungerecht? Manchmal hatte auch Berlin sein gefälliges Gesicht gezeigt. Nur leider nicht allzu häufig.

»Hätte Jane gewollt, dass du aufgibst und wieder nach Hause fliegst?«, fragte Marie.

»Nein. Ganz sicher nicht«, antwortete Elin. »Wenn sie jetzt hier wäre, würde sie die verbrannten Boller in den Müll befördern, die Ärmel hochkrempeln und neue backen.«

»Dann sollten auch wir das tun«, erwiderte Marie. »Immerhin kommen heute die Mädels vom Stricktreff zu ihrem Nachmittagskaffee, und wenn es keine Boller und Zimtschnecken gibt, werden sie enttäuscht sein.«

»Wenigstens die kommen noch«, antwortete Elin seufzend. »Vielleicht liegen wir doch zu abgelegen. Die wenigen, die es in den letzten Tagen zu uns verschlagen hat, kann man an einer Hand abzählen. Die meisten Leute laufen an unserem Hinweisschild auf der Einkaufsstraße vorüber. Und dann noch der nahe Weihnachtsmarkt ...« Sie seufzte.

»Ich weiß. Die Lage unseres Cafés ist nicht ideal. Aber wenn die Leute erst einmal mitbekommen, wie gemütlich es bei uns ist, dann kommen sie bestimmt wieder. Es muss sich eben rumsprechen.«

»Tom hatte ja vorgeschlagen, Flyer zu drucken«, sagte Elin. »Aber seit dem, was neulich zwischen euch passiert ist, hat er sich nicht mehr blicken lassen.«

»Ich weiß«, antwortete Marie kleinlaut. »Karl-Theodor hat er etwas von Stress in der Uni erzählt. Ich werde das mit ihm klären müssen.«

»Was willst du denn da klären?«, fragte Elin. »Er hat sich in dich verguckt. So etwas passiert. Deshalb hat er uns auch so geholfen. Männer sind doch alle gleich. Jetzt bekommt er nicht, was er wollte, und zieht sich zurück.«

»Dann soll er das eben tun«, antwortete Marie. »Uns fallen bestimmt noch andere Wege ein, um unser Café bekannter zu machen. Mit dem Weihnachtsmarkt ist die Konkurrenz zurzeit eben sehr groß. Wenn er schließt, wird es für uns wieder leichter. Komm, wir gehen jetzt backen. Und dieses Mal werde ich höchstpersönlich darauf achten, dass die Boller keine Briketts werden.«

Die beiden gingen in die Küche, neue Boller, Zimtschnecken und Totenkringler mussten gebacken werden. Kvæfjordkake war noch vorhanden, genauso wie Butterkuchen. Marie stellte das Radio an, und *Last Christmas* von Wham! ertönte. Das Lied brachte sie auf eine Idee.

»Wie sieht es eigentlich mit norwegischen Weihnachtsplätzchen aus? Wollen wir welche backen? Betty hat sie immer gern gegessen. Wir haben zusammen Pfefferkuchen und Zimtkringel gemacht. Sie waren köstlich. Wir könnten sie in kleine Tütchen packen und verkaufen. Das wäre eine zusätzliche Einnahmequelle.«

»Stimmt, die Weihnachtskekse. Wieso habe ich daran nicht schon früher gedacht?«

»Wir könnten damit auf dem Weihnachtsmarkt werben und die Leute so neugierig auf unser Café machen«, schlug Marie vor. »Dort müssten wir sie aber verschenken.«

»Stimmt. Wenn es was umsonst gibt, kommen die Leute. Obwohl Weihnachtskekse vermutlich zu abgegriffen sind. Die gibt es um diese Jahreszeit ja schließlich überall.«

»Dann verteilen wir eben Zimtschnecken. Norwegisches Gebäck gibt es nicht an jeder Ecke.«

»Ganze Zimtschnecken verschenken? Das wird ein teures Vergnügen.«

»Wir können doch ganz kleine backen. Und dazu bieten wir kostenlosen Glögg im Café an. Wir könnten eine Art norwegischen Abend veranstalten. Der Weihnachtsmarkt mag groß sein, aber der Glühwein dort ist nicht billig.«

»Weil die Standbetreiber – genauso wie wir – ihr Geld nicht im Keller drucken«, gab Elin zu bedenken, die von der Idee noch nicht überzeugt war.

»Das funktioniert bestimmt. Lass es uns doch versuchen. Zwei Nachmittage, mehr nicht.«

»Meinetwegen. Am Freitag wird in Norwegen das Lucia-Fest gefeiert, das passt doch. Wir könnten zum Glögg noch Lussekatter anbieten.«

»O ja, Lussekatter«, sagte Marie. »So ein leckeres Hefegebäck, in Norwegen gehört es immer dazu. Wusstest du eigentlich, dass der Name Luciakatze in Deutschland entstanden sein soll? Irgendwann im siebzehnten Jahrhundert soll der Teufel in Form einer Katze böse Kinder mit Schlägen bedroht haben, während ein als Christus verkleidetes Kind Gebäck an die lieben Kinder verteilte. Um den lichtscheuen Teufel fernzuhalten, wurden die Teigstücke mit Safran leuchtend gelb gefärbt.«

»Du immer mit deinen Geschichten«, antwortete Elin lachend. »Der Teufel als Katze verkleidet, so ein Unsinn.« Sie schüttelte den Kopf und stand auf. »Komm, lass uns mit dem Backen anfangen. Sonst werden wir nicht rechtzeitig fertig.«

»Womit beginnen wir?«

»Mit dem Hefeteig für die Boller. Wir können gleich eine größere Menge machen und einen Teil der Boller einfrieren. So müssen wir den Teig nicht jeden Morgen ansetzen. Oma hat das manchmal gemacht, wenn es viel zu tun gab. Obwohl sie meinte, dass sie frisch am besten schmecken. Aber wir wollen ja nicht jeden Morgen um drei Uhr früh in der Backstube stehen. Also sollten wir etwas einfrieren. Das funktioniert auch mit den Zimtschnecken.«

»Das hört sich gut an«, antwortete Marie. »Nur leider wird unser Gefrierfach dafür nicht ausreichen.« Sie deutete auf den Kühlschrank. »Für so viel Boller- und Schneckenteig könnten wir einen eigenen Gefrierschrank gebrauchen.«

»Daran habe ich nicht gedacht«, erwiderte Elin. »Also schon wieder eine Anschaffung.«

»Vielleicht ja nicht. Ich habe bei Gertrud im Keller einen Gefrierschrank stehen sehen, der nicht angeschlossen war. Ich kann sie fragen, ob sie ihn uns leiht. Fürs Erste würde er es bestimmt tun.«

»Das wäre wunderbar«, antwortete Elin. Sie wollte noch etwas hinzufügen, kam jedoch nicht mehr dazu, da das Telefon klingelte.

Überrascht sahen sich die beiden an. Wer rief denn um diese Zeit schon an? Marie ging in den Laden und hob ab. Es war Gertrud, die ganz aufgelöst war: »Marie. Gott sei Dank erreiche ich dich. Karl-Theodor ist heute Nacht im Heim zusammengebrochen. Ingrid von der Nachtschicht hat mir eben Bescheid gegeben. Sie meinte, ich müsse das doch wissen, weil wir befreundet sind. Er ist in die HSK gebracht worden.«

»Du meine Güte«, rief Marie und wisperte Elin zu: »Karl-Theodor ist im Krankenhaus.«

»Ich fahre nachher hin und wollte fragen, ob ihr mitkommen möchtet«, sagte Gertrud.

Marie zögerte kurz und wiederholte die Frage für Elin. Diese nickte.

»Wir kommen direkt hin. Wann willst du dort sein?«

Gertrud nannte eine Uhrzeit am späten Vormittag.

»Gut, dann treffen wir uns am Haupteingang. Hat Ingrid gesagt, was genau passiert ist?«

»Nein. Aber er ist im Badezimmer zusammengesackt und hat auf den Notfallknopf gedrückt. Hoffentlich ist es kein Herzinfarkt. Er hatte schon zwei. Am Ende haben wir ihn mit dem Café und dem ganzen Trubel zu sehr aufgeregt. Also wenn er unseretwegen ...«

»Mal jetzt nicht den Teufel an die Wand«, unterbrach Marie sie. »Am Ende war es gar nichts Ernstes, und es geht ihm schon wieder besser.«

»Wenn du das sagst«, erwiderte Gertrud. »Ich würde es mir ja nie verzeihen, wenn er ...« Sie stockte und schluchzte laut auf.

»Weißt du was?«, schlug Marie vor. »Du kommst jetzt zu uns. Nach so einer Nachricht solltest du nicht allein sein. Du kannst uns beim Backen helfen. Das lenkt ab. Heute Nachmittag kommen doch die Strickdamen, und uns ist leider ein Malheur mit den Bollern passiert. Wir können jede helfende Hand gebrauchen. Und danach fahren wir dann gemeinsam zu Karl-Theodor in die Klinik.«

Gertrud versprach, gleich da zu sein, und legte auf. Elin sah Marie besorgt an.

»Was ist passiert?«

»Er ist im Badezimmer zusammengesackt. Mehr weiß Gertrud nicht. Sie hat Sorge, dass es ein weiterer Herzinfarkt sein könnte.«

»Hoffentlich nicht«, antwortete Elin. »Ob Tom es schon weiß?«

»Ich gehe davon aus«, erwiderte Marie, während sie die Butter abwog. »Er ist sein nächster Angehöriger, und die werden doch als Erstes benachrichtigt.«

»So wird es sein.« Elin öffnete eine Mehltüte. Ihre Hände zitterten. Sie ließ von der Tüte ab. »Kaffee?«

»Gern. Aber erst bereiten wir den Hefeteig vor. Sonst werden die Boller nie fertig. Wir haben ja noch die Zimtschnecken und die Totenkringler zu machen.«

»Du hast recht. Obwohl ich einen Kaffee gebrauchen könnte. Der arme Karl-Theodor. Hoffentlich ist es nichts Ernstes.«

Die beiden arbeiteten weiter. Die Butter schmolz

im Topf, Marie gab die Milch dazu und stellte das Gemisch zum Abkühlen zur Seite. Dann verrührte sie Eier und Zucker. Hinzu kamen Kardamom, Mehl und eine Prise Salz. Sie löste die Hefe in der abgekühlten Milch auf und rührte das Ganze zusammen. Nun musste die Masse dreißig Minuten ruhen. Elin hatte inzwischen mit den Zimtschnecken angefangen. Erneut wurde Butter geschmolzen und mit Milch aufgekocht. Doch hier wurde der Teig direkt weiterverarbeitet. Gerade als sie diesen zu Rechtecken ausrollten, klingelte es. Um diese Zeit war der Laden abgeschlossen, weshalb Gertrud den Weg durch den Hof gewählt hatte. Marie öffnete ihr, nahm sie liebevoll in den Arm und führte sie in die Küche.

Gertrud war über und über mit Schneeflocken bedeckt.

»Was für ein Wetter«, sagte sie und nahm ihre Wollmütze ab. »So etwas hat Wiesbaden lange nicht gesehen. Es will gar nicht mehr aufhören zu schneien. Gut, dass ich zu Fuß gegangen bin. Auf den Straßen staut es sich jetzt schon, und der Winterdienst ist weit und breit nicht zu sehen.«

»Mir gefällt es«, antwortete Marie, während sie Gertrud den Mantel abnahm und ihn neben dem Ofen an einen Haken an der Wand hängte. »Und Betty hätte es gewiss auch gefallen. Sie liebte Schnee.«

»Wollt ihr über das Wetter reden oder arbeiten?«, fragte Elin und deutete auf die Schüssel mit dem Hefeteig für die Boller. »Wir sollten den Teig verarbeiten, sonst spaziert er noch aus der Küche, so sehr wie er aufgeht.«

»Dann werde ich mich mal darum kümmern«, antwortete Gertrud und nahm sich der Teigschüssel an.

Die drei Frauen vertieften sich in die Arbeit. Gertrud formte dreißig gleich große Stücke zu runden Bollern, die auf zwei Bleche wanderten, wo sie weitere vierzig Minuten gehen mussten. Elin und Marie übernahmen die Zimtschnecken. Zu perfekten Rechtecken ausgerollte Teigstücke wurden mit Butter bestrichen, mit Zimt und Zucker bestreut und aufgerollt. Dann wurden die zwei Zentimeter breiten Schnecken geschnitten, die ebenfalls auf Bleche wanderten, auf denen sie eine Weile aufgehen würden.

Danach gönnten sie sich einen Kaffee. Inzwischen dämmerte es, doch richtig hell wollte es an diesem winterlichen Morgen nicht werden. Elin schaltete das Licht ein, und sie setzten sich an den Fenstertisch. Hunger hatte keine von ihnen, selbst Gertrud hatte die Nachricht von Karl-Theodors Zusammenbruch den Appetit verhagelt. Sie stützte die Hand aufs Kinn und sah nach draußen.

»Hoffentlich geht es Karl-Theodor bald wieder besser. Ich weiß noch, wie er seinen zweiten Herzinfarkt hatte. Damals hatte ich Dienst. Es ist während des Nachmittagskaffees passiert. Er meinte plötzlich, dass er keine Luft mehr bekomme und sein Arm taub sei. Und er war kreidebleich. Ich habe sofort den

Notarzt gerufen. Natürlich kenne ich solche Dinge, immerhin habe ich jahrzehntelang in Altenheimen gearbeitet, und Krankheit und Tod sind dort ständige Begleiter. Dennoch ist ein Herzinfarkt immer ein Schock. Aber obwohl es schon sein zweiter war, hat sich Karl-Theodor relativ schnell wieder erholt und geht seitdem regelmäßig zum Kardiologen.«

»Bei uns im Café ist auch mal ein Mann zusammengebrochen«, sagte Elin. »Kreislaufschwäche. Es war nicht ernsthaft bedrohlich, aber trotzdem schrecklich für Oma und mich. Er war ein Fischer aus der Nachbarschaft und einer unserer Stammgäste. Nachdem der Notarzt ihm eine Spritze gegeben hatte, ging es ihm schnell wieder besser. Von da an hat er jedes Mal, wenn er kam, erst einmal einen Schnaps aufs Haus für den Kreislauf gekriegt. Du kippst mir nicht mehr um, hat Oma ihn immer aufgezogen. Und dann ist sie selbst in der Küche umgekippt und nicht mehr aufgestanden.« Elin schüttelte den Kopf. »Und kein Schnaps der Welt hat sie wieder lebendig gemacht.«

»Das klingt nach Schlaganfall«, sagte Gertrud.

Elin nickte und nahm einen Schluck Kaffee. »Wenigstens musste sie nicht leiden. Eine ihrer Freundinnen war lange krank, bevor sie gestorben ist, und nach einem Besuch bei ihr sagte Jane einmal: Lieber fall ich auf der Stelle tot um, als so zu enden.«

»Da hat der Herrgott aber gut zugehört«, rutschte es Gertrud heraus. Sie biss sich auf die Lippen und schickte eine Entschuldigung hinterher.

»Ist schon gut.« Elin winkte ab. »Es stimmt ja. Sie ist so gestorben, wie sie es sich gewünscht hat.«

Elin sah zu Marie, die schweigsam geblieben war.

»Ist alles in Ordnung?«

»Ja, sicher«, antwortete Marie. »Oder jedenfalls beinah. Ich musste, als du von der Freundin deiner Oma sprachst, daran denken, was Betty über Oda gesagt hat. Dass es die Umstände waren, die ihre Freundschaft zerrütteten. Oda hat damals viel weniger Unterstützung von den Nazis bekommen als Betty. Sie hat niemand dabei unterstützt, Unterhalt für ihr Kind einzufordern, und sie bekam auch vieles andere für das Kind nicht. Und das nur deshalb nicht, weil sie eine Sami war. Das hat sie wütend gemacht.«

»Diese Rassengeschichten sind schrecklich«, sagte Gertrud. »Oda muss sich schrecklich benachteiligt gefühlt haben.«

»Betty hat nie verwunden, was damals geschehen ist«, sagte Marie. »Aber wie soll ein Mensch solch schreckliche Schicksalsschläge auch verarbeiten? Den Verlust der besten Freundin und des Kindes. Auch den Mann, den sie liebte, sah sie niemals wieder. Es muss hart für sie gewesen sein weiterzumachen.«

»Eigentlich hat sie es nie geschafft, neu anzufangen«, sagte Gertrud wehmütig. »Ein Teil von ihr weilte ihr ganzes Leben lang in der Vergangenheit. Deshalb ist sie ja auch ins Haus Sonnenschein gegangen. Sie ist den Spuren ihrer Tochter gefolgt, um wenigstens ihre Nähe zu spüren.«

Für einen Moment schwiegen alle. Es war das Läuten des Küchenweckers, das sie hochschrecken ließ.

»Das war unser Zeichen. Genug Trübsal geblasen«, sagte Elin und stand auf. »Das Hefegebäck muss in den Ofen, und dann werde ich die Zutaten für die Totenkringler und die Lussekatter zusammensuchen. Sonst wird das nichts mit unserem Lucia-Fest am Freitag. Wenn das unter diesen Umständen überhaupt noch stattfindet.«

»Was für ein Lucia-Fest?«, fragte Gertrud.

»Das erklären wir dir in der Küche«, antwortete Marie.

Kapitel 10

Marie verabscheute Krankenhäuser. Den Geruch nach Desinfektionsmittel und die langen, in kaltes Neonlicht getauchten Gänge. Jedes Mal, wenn sie eines von ihnen betrat, kamen unschöne Erinnerungen zurück. Es waren nicht mehr als kurze Momente, die aufblitzten, Bilder, die tief in ihrem Inneren begraben waren und dann an die Oberfläche kamen. Das helle Licht der Lampen über ihr. Die Stimmen um sie herum. Das Gesicht einer Frau, die ihr aufmunternd zulächelte. Sie spürte Hände, wurde hochgehoben, weinte. Sie wusste inzwischen, dass diese Bilder vom Todestag ihrer Eltern stammten. Von dem Tag, der ihr ganzes Leben verändern sollte.

Sie hatte Betty davon erzählt. An einem verregneten Nachmittag, nachdem sie auf dem glitschigen Steg ausgerutscht war und sich am Handgelenk verletzt hatte. Sie hatte sie ins Krankenhaus gefahren, und dort hatten sie lange warten müssen. In einem Flur, der diesem hier ähnelte. Mit Plastikstühlen, weißgestrichenen Wänden und diesem unerträglichen Geruch. Jedes Mal wieder kehrte die Beklemmung zurück. Auch jetzt. Marie schloss die Augen und dachte daran, wie sie Betty damals von ihrem Trauma erzählt hatte. Betty verstand, was die Erinnerung in Marie auslöste, und schickte sie sofort hinaus.

»Dann geh. Ich komm allein klar. Geh nach draußen. Gegenüber ist ein Café. Dort kannst du auf mich warten.«

Marie war aufgestanden und gegangen, davongelaufen vor der Erinnerung, dem Geruch und dem Schmerz, die sie auch jetzt wieder einholten. Sie sah zu den Neonlampen und spürte diese besondere Unruhe in sich aufsteigen. Ihr Blick wanderte den langen Krankenhausflur hinunter. Eine Schwester verließ einen der Räume, eine Putzfrau kreuzte mit ihrem Wagen ihren Weg. Auf einmal glaubte Marie die Stimmen von damals zu hören. Der Raum begann sich zu drehen. Sie musste gehen. Schaffte es nicht. Abrupt stand sie auf.

»Seid mir nicht böse«, sagte sie. »Ich warte unten im Café.«

Verwundert sahen Elin und Gertrud sie an.

»Ich halte das nicht aus«, fügte Marie hinzu. Sie ging, ohne eine Antwort der beiden abzuwarten. Sie wusste, dass sie sich töricht verhielt. Karl-Theodor ging es den Umständen entsprechend gut. Er musste nur noch ein abschließendes Gespräch mit dem behandelnden Arzt führen, dann durfte er wieder nach Hause. Ein kleiner Schwächeanfall wegen einer Erkältung, mehr schien es nicht zu sein. Er sollte sich schonen. Gewiss wäre gleich die Tür aufgegangen, und sie hätten gemeinsam gehen können. Trotzdem beschleunigte Marie nun ihre Schritte. Sie stieß eine Tür auf und rannte beinah den Flur hinunter. Dieses Licht, der Geruch, die Stimmen. Sie waren in ihrem Kopf, um sie herum. Sie schaffte es nicht, ihnen zu entrinnen. Ihre Hände begannen zu zittern. Gleich würde sie weinen. So wie damals, als sie nach Mama und Papa fragte und keine Antworten erhielt.

Sie lief in jemanden hinein, der sie auffing und »Hoppla« rief.

Es war Tom.

Einen Moment hielt er sie an den Schultern fest, dann ließ er sie los.

»Es tut mir leid, ich kann nicht ...« Marie unterbrach sich. »Ich warte im Café auf euch.«

Sie lief weiter. In ihren Ohren rauschte es. Sie schob eine Tür auf und trat in die Eingangshalle. Tom war ihr nicht gefolgt. Natürlich nicht. Er eilte zu seinem Großvater, um sich um ihn zu kümmern. Er hatte noch jemanden, um den er sich kümmern konnte. Anders als sie.

Sie blieb vor dem Krankenhauscafé stehen und atmete tief durch. Eine Frau schob einen Rollstuhl an ihr vorüber, in dem ein Kind mit einem Kopfverband saß. Vor dem Haupteingang standen einige Raucher beisammen. Es schneite leicht. Ihr Blick wanderte zur Auslage des Cafés. Ein Stück Schwarzwälder Kirschtorte zog ihre Aufmerksamkeit auf sich. Ein Kuchenstück, das glücklich machte, das ihr helfen würde, sich zu beruhigen. Sie kaufte es und setzte sich mit dem Kuchen und einer heißen Schokolade ans Fenster. Die Torte schmeckte herrlich süß und sahnig. Betty hätte sie geliebt, genauso wie die heiße Schokolade. Kalorien gegen den Kummer. »Du kannst essen, was du willst, Schätzchen. Es bleibt nichts hängen.«

Im Krankenhaus war eine Verstauchung von Bettys Hand festgestellt worden. Bereits einen Tag nach dem Unfall hatte sie den Verband wieder abgenommen und gemeint, es sei alles wieder gut. Marie hörte sich schimpfen, sah sich den Kopf über so viel Sturheit schütteln. Sie sah sich und Betty im Haus am Odde Berg am Küchentisch sitzen und frühstücken. Später am Tag war sie nach ihrem Spaziergang am Strand nach Hause kommen. Betty hatte wie immer in ihrem Lieblingssessel am Fenster gesessen. Ein umgedrehtes Buch lag auf ihrem Schoß, ihre Lesebrille war von der Nase gerutscht. Es hatte ausgesehen, als würde sie nur schlafen. Im Haus war es ganz still gewesen, friedlich. Das Licht der Nachmittagssonne war ihr aufs Gesicht gefallen. Marie war neben sie getreten und hatte sofort verstanden. Betty war gegangen. Am Tag zuvor hatte sie Marie noch von dem Tag erzählt, als ihre Lieselotte zur Welt kam. In Hurdal Verk, dem Lebensbornheim, das ihnen Zuflucht gewährte, als sie nach dem Streit mit der Mutter nicht wusste, wohin sie sollte.

»Oda war bei mir. Die ganze Zeit. Sie hat auf mich aufgepasst, mich getröstet, mir Mut gemacht. Sie hat meine Hand gehalten, als der Schmerz mich zu zerreißen drohte. Niemand konnte sie vertreiben. Oda war da, als mein Mädchen zur Welt kam. Oda war immer für mich da.« Sie war verstummt und hatte zum Hügel hinaufgeblickt.

Vielleicht hatte sie an diesem Tag den Tod kommen sehen. Jetzt war sie bei Oda. Oda und Lisbet, eine Einheit für immer. Sie waren wieder bei ihrem Felsen. Dem Ort, an den sie zurückkehren wollten, wenn die Welt auseinanderbrach. Marie hatte keinen Felsen, keine Oda, niemanden. Ihre Welt war an einem sonnigen Herbsttag auseinandergebrochen, und die Angst hatte sich im Licht der Neonlampen angeschlichen und war geblieben. Die Angst, die zur Unruhe geworden war, die sie weitertrieb, irgendwohin, sie wusste es nicht. Wer war sie? Gehörte sie hierher? War das Café Farsund das, was sie wollte? Was wollte sie überhaupt?

Marie sah Gertrud in der Eingangshalle auftauchen. Ihr folgten Elin, Tom und Karl-Theodor. Sie schob die trüben Gedanken beiseite und lächelte. Es ging ihm besser. Es war überstanden. Sie ließ ihre heiße Schokolade und das Kuchenstück im Stich und ging zu ihnen.

»Da ist ja auch Marie«, sagte Karl-Theodor freudig.

»Ja, da bin ich«, antwortete Marie mit einem Lächeln und schaute zu Tom, der ihren Blick nur kurz erwiderte. Sie würden reden müssen. Sie gingen zum

Parkplatz und stiegen alle miteinander in Toms Wagen. Karl-Theodor wollte nicht ins Altenheim zurück, also fuhren sie direkt ins Café.

Dort angekommen, heizte Elin sogleich den Kachelofen an, und Karl-Theodor setzte sich auf seinen Lieblingsplatz auf der Ofenbank. Er wurde mit heißer Schokolade und einer Zimtschnecke versorgt, was seine Augen zum Strahlen brachte.

»Wie läuft es mit dem Café?«, fragte Tom Elin und setzte sich mit einer Tasse Cappuccino neben seinen Großvater.

»Ehrlich gesagt, nicht besonders gut«, antwortete sie. »Wir liegen zu versteckt. Unser Schild auf der Einkaufsstraße scheint kaum jemand wahrzunehmen, und der nahe Weihnachtsmarkt macht es noch schlimmer. Marie und ich überlegen, am Freitag ein Lucia-Fest zu veranstalten. Wir wollen Glögg ausschenken und Lussekatter verteilen und die Leute so dazu bringen, bei uns im Café das Lucia-Fest zu feiern.« Sie sah zu Marie, die sich einen Kaffee machte.

»Das ist eine gute Idee«, meinte Karl-Theodor.

»Wir dachten, wir könnten dafür auf dem Weihnachtsmarkt Werbung machen. Kleine Zimtschnecken verteilen und die Leute damit zu uns locken. Nur leider ...«

»Ich weiß«, unterbrach Tom sie. »Ihr könntet Flyer gebrauchen, und ich hatte versprochen, euch welche zu drucken. Ich kümmere mich heute Nachmittag darum. Die Idee mit dem Lucia-Fest ist großartig.

Aber ich würde den Glögg nicht verschenken. Am besten macht ihr die Becher etwas günstiger als der Weihnachtsmarkt. Ihr wollt ja Umsatz generieren.«

»Gut, dann verteilen wir nur Lussekatter, bis sie leer sind, und verkaufen den Glögg für einen Euro die Tasse«, sagte Elin.

»Wir könnten die Aktion auch im *Wiesbadener Kurier* ankündigen lassen«, schlug Gertrud vor. Sie hatte sich aus der Küche einen Boller geholt und setzte sich Karl-Theodor gegenüber. »Ich kenne einen der Redakteure. Er macht das bestimmt gern. Er könnte vorbeikommen, Fotos vom Café machen und ein kleines Interview mit euch führen. Dass ich da nicht früher drauf gekommen bin. Er hätte längst einen Artikel über euch gemacht.« Sie biss in ihr Hefebrötchen.

»Eine hervorragende Idee«, sagte Elin. »Wir schaffen es schon, Kunden in unser Café zu bekommen, nicht wahr, Marie?«

Marie stimmte mit knappen Worten zu. Erneut sah sie zu Tom, der ihren Blick jedoch nicht erwiderte. Sie spürte ihren schneller werdenden Pulsschlag.

»Ist alles in Ordnung, Marie?«, fragte Gertrud.

Marie nickte. In ihrem Hals bildete sich ein dicker Kloß. Gleich würde sie in Tränen ausbrechen.

»Ich hab nur Kopfschmerzen«, suchte sie Zuflucht in einer Ausrede. »Ich nehme eine Tablette und lege mich oben eine halbe Stunde hin.« Sie stellte ihren Kaffeebecher auf den Tresen und verließ den Raum.

Erstaunt sah Elin ihr nach.

»Was hat sie nur? Schon vorhin im Krankenhaus hat sie sich so eigenartig verhalten.«

Sie schaute zu Gertrud, die mit den Schultern zuckte.

»Hoffentlich hat sie sich nichts eingefangen«, bemerkte Karl-Theodor. »Geht ja einiges rum bei dieser Kälte. Kinder, ich sag es euch: So einen winterlichen Dezember hat Wiesbaden lange nicht gesehen.«

»Ich muss jetzt auch los«, sagte Tom und stand auf. »Sonst wird das heute mit den Flyern nichts mehr. Wann genau wollt ihr Freitag mit dem Lucia-Fest beginnen?«, fragte er Elin.

»Gegen sechs«, antwortete diese. »Dann ist es dunkel. Wir zünden viele Lichter an und machen es ganz gemütlich. Wenn wir Glück haben, ist es eiskalt und schneit, dann freuen sich die Leute, wenn sie sich aufwärmen können.«

»Wenn die Aktion so erfolgreich ist, wie ihr es euch wünscht, werden vielleicht nicht alle Besucher ins Café passen«, gab Karl-Theodor zu bedenken. »Bei der Art von Werbung, die ihr plant, solltet ihr für Stehtische vor dem Laden sorgen.«

»Wir könnten auch eine Feuerschale aufstellen«, schlug Tom vor. »Ich kann Kalle fragen, ob er uns eine leiht. Bestimmt hat er irgendwo in seinem Laden eine.«

»Oh, das wäre nett«, freute sich Elin.

Tom verabschiedete sich mit dem Versprechen,

die Flyer gleich in Auftrag zu geben, und verließ das Café.

Als er auf die Straße trat, wanderte sein Blick zu den oberen Fenstern. An einem von ihnen stand Marie und blickte zu ihm herab. Sie sahen einander an. Sie lächelte und hob die Hand. Er erwiderte ihr Lächeln, dann ging er zu seinem Auto.

Marie beobachtete, wie er einstieg und fortfuhr. Es war nur eine stille Übereinkunft gewesen, doch sie fühlte sich gut an. Marie wandte sich vom Fenster ab und sah sich in ihrer kleinen Wohnung um. Plötzlich hatte sie das Gefühl, Bettys Stimme zu hören.

»Man muss es nehmen, wie es kommt.«

Marie erinnerte sich an den Moment, als sie diesen Satz zu ihr gesagt hatte. Sie hatten bei Elin und Jane Kaffee getrunken und waren auf dem Heimweg. Wie immer hielten sie an dem Felsen, neben dem Odas Grab lag. Es war ein sonniger Spätsommernachmittag gewesen. Sie hatten nebeneinander auf dem Felsen gesessen und über den Schärengarten geblickt.

»Wir können es nicht ändern«, hatte Betty gesagt. »Aber wir können das Beste daraus machen. Oder es wenigstens versuchen.«

Ihr letzter Satz hatte wehmütig geklungen. Sie und Oda hatten es damals versucht. Es war schiefgegangen. Versuchen allein genügte oftmals nicht. Aber aufgeben war keine Option. Und manchmal war das, was kam, gar nicht so übel wie befürchtet. Sie hatte ihre Großmutter kennenlernen und Zeit mit ihr verbringen dürfen. Sie hatte in Elin eine Freundin gefunden, die sie verstand, der sie vertrauen konnte, und nun bauten sie sich gemeinsam ein neues Leben auf. Marie dachte daran, wie sie damals in Berlin in den Zug gestiegen war, um die Vergangenheit abzuschütteln. Sie war entschlossen, aber auch aufgeregt gewesen. Es ging Richtung Westen, raus aus der Großstadt, die ihr kein Glück gebracht hatte. Sie wollte den Neubeginn, ja, sie forderte ihn für sich ein. Sie hatte ihn bekommen, nun galt es, ihn anzunehmen.

Leises Klopfen an der Tür unterbrach ihre Gedanken. Sie rief, dass offen sei, und Elin trat ein.

»Ich wollte fragen, ob es dir bessergeht? Ich könnte Hilfe in der Küche gebrauchen.«

Marie schob die trübsinnigen Gedanken beiseite.

»Ja, es geht schon besser. Es muss an der Luft in diesem Krankenhaus gelegen haben. Ich helfe dir gern.«

Elin nickte erfreut.

»Ich hatte schon Sorge, du wirst krank.«

»Aber nein. Ich doch nicht«, wiegelte Marie ab. »Was wollen wir denn backen?«

»Ich dachte daran, die ersten kleinen Zimtschnecken für die Werbeaktion auf dem Weihnachtsmarkt zu machen. Und die Damen vom Stricktreff sind eben eingetroffen und müssen bedient werden. Und übrigens habe ich eben mit Kalle telefoniert. Er kümmert sich gerade mit Jürgen darum, Gertruds Gefrierschrank aus dem Keller zu holen. Sie hat nichts dagegen, dass wir ihn nutzen.«

»Das sind gute Neuigkeiten«, antwortete Marie und zog die Wohnungstür hinter sich zu.

Als sie kurz darauf das Café betrat, umhüllte sie sofort die anheimelnde Geruchsmischung von Zimt, Kaffee und dem Feuer, das im Kachelofen brannte. Karl-Theodor saß noch immer an seinem Platz und las Zeitung. Gertrud deckte den Tisch am Fenster, vor dem vereinzelte Schneeflocken durch die Luft wirbelten. Zwei der Strickdamen, Käthe und Sieglinde, waren schon da und packten ihre Wolle aus. Das Licht der Lampen war gedimmt, und die Lichterketten am Fenster und am Regal verbreiteten Gemütlichkeit.

Betty hätte es gefallen. Marie lächelte und sagte sich, dass sie es vielleicht doch schaffen könnte, etwas aus diesem Neuanfang zu machen.

Kapitel 11

Kalle bemühte sich, das Feuer in der großen Feuerschale in Gang zu bekommen, die er aus seinem Fundus mitgebracht hatte. Es war ein traumhaft schöner Winterabend, eiskalt und trocken, mit einem leuchtenden Sternenhimmel. Marie hatte den in der Nacht gefallenen Schnee zu kleinen Hügeln und Mäuerchen vor dem Laden aufgetürmt, in die sie jetzt Kerzen und Laternen stellte. Auch Gertrud, Käthe und Sieglinde waren anwesend. Sie wollten beim Ausschank helfen und gleichzeitig einige ihrer Strickwaren verkaufen. Eine warme Mütze oder einen Schal konnte bei diesem Wetter doch jeder gebrauchen. Karl-Theodor war ebenfalls gekommen, obwohl er immer noch verschnupft war. Doch das Lucia-Fest wolle er sich auf keinen Fall entgehen lassen, sagte er. Weihnachten gebe es ja immer, Lucia hingegen habe er noch nie gefeiert.

Elin versorgte ihn mit einer Kanne heißem Ingwertee und einer extragroßen Zimtschnecke. Als er dann noch die Lussekatter probierte, lobte er das Hefegebäck in der schwungvollen S-Form in den höchsten Tönen. Auch Marie war in die süße Köstlichkeit ganz verliebt. Beim Backen hatte sie sich dazu hinreißen lassen, immer mal wieder eine von ihnen in den Mund zu stecken. Irgendwann hatte sie für ihre Nascherei einen Rüffel von Elin einstecken müssen, die Lussekatter seien für die Gäste und nicht fürs Personal.

Nun stapelten sich in der Küche Unmengen der Leckerei auf Tabletts und auf der Arbeitsplatte. Auf der Theke warteten drei große Glühweintöpfe mit norwegischem Glögg, die jeweils zwanzig Liter fassten. Nachschub wartete in der Küche.

Es lag eine gewisse Spannung in der Luft. Marie stand neben Kalle und sah immer wieder die kleine Gasse hinunter. Noch kam niemand. Leider war es zu kurzfristig für die Vorankündigung ihrer Veranstaltung im *Wiesbadener Kurier* gewesen. Aber in den nächsten Tagen würde ein Journalist vorbeikommen, um einen Bericht über ihre Neueröffnung zu schreiben.

»Das Feuer sieht klasse aus«, kommentierte sie Kalles Bemühungen. »Wir können nur hoffen, dass auch Leute kommen werden, um sich daran zu wärmen.«

»Ach, das klappt schon«, sagte Kalle.

»Wenn nur Tom mit den Flyern endlich auftauchen würde, damit wir loslaufen können«, sagte Marie. »Eigentlich hätte er sie schon gestern bringen müssen.«

»Er kommt bestimmt gleich«, suchte Kalle sie zu beruhigen. »Wir haben heute Morgen telefoniert, und er wollte die Flyer spätestens um drei bei der Druckerei abholen.«

Genau in diesem Moment bog Tom um die Ecke. Er blieb neben Marie stehen und setzte sofort zu einer Entschuldigung an.

»Es tut mir schrecklich leid, dass ich so spät dran bin. Der Copyshop meines Bekannten war geschlossen, weil er die Grippe hat. Seine Frau war so nett, mich in den Laden zu lassen. Dort habe ich unsere Flyer im Lager gefunden. Wenigstens hatte er sie bereits gedruckt.«

»Tom, da bist du ja endlich.« Elin kam nach draußen. »Wir hatten schon Sorge, du würdest nicht kommen. Dann kann es ja jetzt losgehen.«

Tom und Marie folgten Elin in den Laden, wo er die Flyer aus seinem Rucksack holte.

»Sie sind hübsch geworden«, lobte Elin.

Lucia-Fest im Café Farsund, stand in großen Lettern darauf geschrieben. *Feiern Sie mit uns das norwegische Lichterfest und genießen Sie köstliche Lussekatter und echten norwegischen Glögg.* Dazu war der Text mit einer weihnachtlich anmutenden Girlande umrahmt.

Die anderen Flyer, die nicht die Veranstaltung, sondern das Café allein bewarben, wollten sie die Tage in den umliegenden Geschäften und Lokalen auslegen. Sie priesen norwegische Spezialitäten und Gemütlichkeit in behaglicher Atmosphäre an.

»Dann wollen wir mal los«, sagte Tom zu Marie,

die nickte. Sie hatten besprochen, dass Elin und Gertrud im Laden bleiben sollten, um gemeinsam mit den beiden Helferinnen die Gäste zu empfangen und zu bedienen, während sich Kalle um das Feuer kümmerte. Später, wenn Tom und Marie zurückkamen, würden sie ebenfalls im Service mithelfen. Sie konnten nur hoffen, dass ihre Aktion einige Gäste in die kleine Gasse führen würde.

Marie schlüpfte in ihre Jacke, wickelte sich einen Schal um den Hals und zog eine Mütze, selbstverständlich mit norwegischer Flagge, auf. Mit Tabletts voller Minizimtschnecken in den Händen machten sie sich auf den Weg.

Sie hatten den Weihnachtsmarkt noch gar nicht erreicht, da hatten sie bereits die ersten Schnecken und Flyer verteilt. Auf dem Markt ging es dann weiter. Schnell war klar: Viele Leute froren erbärmlich. Es waren zweistellige Minusgrade zu erwarten. Für die Wiesbadener, die mildere Winter gewohnt waren, waren dies arktische Umstände, die sie in die Nähe der Glühweinstände trieben. Die Zimtschnecken waren schnell aufgebraucht. Eine Gruppe junger Frauen war so angetan von dem, was Marie über das Café berichtete, dass sie gleich dorthin gehen wollten. Die Aussicht auf einen Platz am warmen Ofen war zu verlockend. Marie und Tom verteilten noch die Flyer, dann trafen sie sich vor dem doppelstöckigen Karussell wieder.

»Ich würde sagen, das war ein voller Erfolg«, sagte

Tom. »Bei mir haben mehrere angekündigt, sich das Café sofort ansehen zu wollen.«

»Bei mir war es vor allem der warme Kachelofen, der die Leute angesprochen hat«, sagte Marie freudig. »Vor allem viele Frauen sind gleich aufgebrochen, als ich davon erzählt habe. Wir haben Glück, dass es heute Abend so eisig ist.«

»Das ist es wirklich«, antwortete Tom, sich die Hände reibend. Er trug keine Handschuhe.

»Wir sollten auch zurückgehen«, sagte Marie. »Bevor dir noch die Finger abfrieren. Ich sehne mich nach einem Becher Glögg und ein paar Lussekatter. Was meinst du?«

»Unbedingt«, antwortete er, sah ihr in die Augen und legte dann den Arm um Marie. Sie ließ es zu, und ihr Herzschlag beschleunigte sich augenblicklich.

Sie ließen den Weihnachtsmarkt hinter sich und schlenderten an den geöffneten Geschäften vorüber in Richtung Kleine Langgasse. Kurz bevor sie diese erreichten, blieb Tom plötzlich stehen, trat vor Marie und umfasste ihre Schultern.

»Ich weiß, ich sollte das lassen und riskiere damit, dass du dich wieder zurückziehst. Aber ich kann nicht anders. Du bedeutest mir etwas, Marie. Und zwar sehr viel. Und jetzt möchte ich dich küssen.«

Marie wusste nicht, was sie erwidern sollte. Sie hörte seine Worte und versank in seinem Blick. Ohne eine Antwort von ihr abzuwarten, hob er ihr Kinn an, und seine Lippen berührten die ihren. Sie fühlten sich warm und weich an. Er zog sie enger an sich, und seine Zunge öffnete ihren Mund. Sie genoss seine Nähe, seine Wärme. Er schmeckte nach Zimt und Kaffee. Es fühlte sich richtig an. Als sie sich voneinander trennten, breitete sich ein Lächeln auf seinem Gesicht aus.

»Ich bin froh, dass du diesmal nicht fortgelaufen bist.«

»Ich weiß nicht, wie ich es erklären soll, Tom ...« Marie stockte. »Ich wollte das neulich nicht. Es ist nur ...«

»Ich weiß«, ließ er sie nicht ausreden. »Es ist kompliziert.«

Marie nickte. »Ich bin kompliziert.«

»Soll das eine Drohung sein?«, fragte er scherzhaft.

»Nein«, antwortete sie. »Aber du solltest es wissen. In meiner Vergangenheit ist viel passiert, das mir das hier nicht ganz einfach macht.«

Er legte den Arm um sie und zog sie an sich.

»Ich mag komplizierte Frauen. Aber bitte tu mir den Gefallen und erklär mir, was dich beschäftigt.«

»Ich werde es versuchen«, antwortete Marie und ließ zu, dass er erneut seinen Arm um sie legte. »Aber vielleicht sollten wir jetzt erst einmal zurückgehen, sonst bekommen wir Ärger mit den anderen. Bestimmt ist ordentlich was los im Café.«

»Das wollen wir hoffen«, antwortete Tom.

Hand in Hand schlenderten sie in die Kleine Langgasse zurück, wo sich vor der brennenden Feuerschale und auch im Laden eine Menge Gäste versammelt hatten. Als sie näher traten, kam Elin mit zwei Bechern Glühwein nach draußen gelaufen. Sie machte einen abgehetzten Eindruck.

»Da seid ihr endlich«, begrüßte sie sie. »Tom, du kannst Kalle gleich beim Nachfüllen des Glögg helfen. Und Marie, es müssten dringend neue Lussekatter aus der Küche geholt werden.« Sie drückte einem jungen Pärchen die Glühweinbecher in die Hand, kassierte ab und raunte Marie zu: »Gertrud ist eine lausige Kellnerin. Ständig lässt sie etwas fallen oder plaudert mit ihren Strickmädels, die das Arbeiten auch nicht erfunden haben. Und nun ist sie sogar ganz verschwunden, weiß der Himmel, wohin. Ich bin so froh, dass du wieder da bist.«

Marie nickte.

»Wir kümmern uns.« Sie sah zu Tom, der nickte. Sie betraten das gefüllte Café, in dem sämtliche Tische besetzt waren. Marie entdeckte die jungen Frauen vom Weihnachtsmarkt, die ihr fröhlich zuprosteten. Sie winkte lächelnd im Vorbeigehen und verschwand in der Küche, in der sie niemanden antraf. Schnell holte sie ein Blech Lussekatter aus der Vorratskammer und schob es in den warmen Ofen. Dann holte sie einen Beutel tiefgekühlte Zimtschnecken aus dem Eisfach und verteilte sie auf einem weiteren Blech. Gerade als sie es in den Ofen schob, tauchte eine der Strickdamen auf und sah sie erstaunt an.

»Ach, du bist jetzt hier. Gertrud meinte, ich solle mich um Nachschub kümmern. Aber ich kenne mich ja gar nicht aus.«

»Und weshalb macht Gertrud das nicht selbst?«, fragte Marie.

Die Miene der Strickdame, Marie war ihr Name entfallen, wurde schuldbewusst.

»Sie liegt oben in deiner Wohnung und hat heftige Rückenschmerzen.«

»Nicht schon wieder«, stöhnte Marie. »Und wieso weiß Elin nichts davon?«

»Wir sollten es ihr nicht sagen. Gertrud meinte, es werde gleich wieder gehen und Elin habe genug Stress. Sie hat ja häufiger Rückenprobleme. Aber jetzt liegt sie schon bald eine Stunde dort oben, und es scheint nicht besser zu werden. Käthe meinte, wir sollten einen Krankenwagen holen.«

»Und die Leute in Unruhe versetzen?«, entgegnete Marie. »Das können wir auf keinen Fall machen. Was habt ihr denn unternommen, damit es ihr besser-geht?«

»Sie liegt mit einer Wolldecke zugedeckt auf dem Sofa.« Die Strickdame, Marie fragte sich, ob sie Sieglinde oder Margit hieß, zuckte mit den Schultern.

»Mehr nicht?«

»Ja wie denn? Hier unten ist der Teufel los. Wir mussten doch mithelfen.«

»Gut«, antwortete Marie. »Dann achtest du jetzt auf den Ofen. In zwei Minuten müssen die Lussekatter raus. In zehn Minuten die Zimtschnecken. Ich habe Schmerztabletten in meiner Wohnung. Wäre ja gelacht, wenn wir sie nicht wieder in die Senkrechte bekämen. Achte bitte auf die Zeit, sonst verbrennt alles.« Sie wartete die Antwort der alten Dame nicht ab und verließ durch die Hintertür die Küche.

Als sie in ihrer Wohnung ankam, fand sie ein Häufchen Elend auf dem Sofa vor. Immerhin hatte Gertrud es geschafft, den Fernseher in Gang zu bringen.

»Marie, endlich. Es ist schon wieder der dumme Rücken.«

»Ich weiß«, antwortete Marie.

»Und Käthe wollte einen Krankenwagen rufen. Ich konnte es ihr wieder ausreden. Der würde uns doch alles kaputtmachen.«

»Ich habe Tabletten, die dich wieder auf die Beine bringen werden.« Marie ging zum Küchenschrank und holte die Packung heraus. »Das ist ein sehr starkes Schmerzmittel, das hilft sogar gegen meine Migräne. Und morgen früh bringe ich dich höchstpersönlich zu deinem Doktor Winkler und rede mit ihm. Da kann doch etwas nicht stimmen, wenn du ständig diese Schmerzen hast.«

Sie füllte ein Glas mit Wasser, drückte eine Tablette aus der Packung und reichte Gertrud beides.

»Manchmal merkt man, dass du Bettys Enkelin bist«, sagte Gertrud, nachdem sie die Tablette hinuntergespült hatte. »Genauso resolut. Sie hat nie gejammert, sondern immer gehandelt. Immer geradeheraus und ehrlich, mit der richtigen Portion Witz.«

»Oder Sarkasmus«, ergänzte Marie mit einem Lächeln.

»Aber ihre Beobachtungen waren stets zutreffend.«

»Ja, vor allem wenn es um das scheußliche Essen im Heim ging.« Marie lächelte. »Sie hat in Norwegen immer für uns gekocht. Sie war wirklich eine gute Köchin. Also durfte sie auch über das Essen im Heim lästern.«

»Das ungenießbar ist«, erwiderte Gertrud. Sie versuchte, sich etwas aufzurichten, und stöhnte auf. »Dies ist nicht die Zeit zum Plaudern. Sieh zu, dass du wieder runtergehst. Sonst platzt Elin noch der Kragen. Ich komme schon zurecht.«

»Ruh dich aus. Das wird schon wieder.« Marie tätschelte Gertrud die Schulter und verließ die Wohnung.

Im Treppenhaus nahm sie den verbrannten Geruch wahr, der sie Übles ahnen ließ. Sie hastete die Stufen hinunter, rannte in die Küche und zum Ofen. Fluchend holte sie die Bleche mit einem Geschirrtuch heraus und verbrannte sich daran die Finger.

»So ein Mist«, schimpfte sie und hielt die Hand unter kaltes Wasser. Die Zimtschnecken und Lussekatter waren schwarz. Die Tür zum Café öffnete sich, und Elin kam herein. Entsetzt sah sie auf das verbrannte Gebäck.

»Was hast du gemacht?«

»Wo ist diese Stricktante? Sieglinde oder so ähnlich heißt sie. Sie sollte die Sachen aus dem Ofen holen. Ich war nur kurz bei Gertrud, die in meiner Wohnung liegt und sich vor Rückenschmerzen nicht rühren kann. Ich habe ihr eine Tablette gegeben. Und diese Dame sollte die Sachen aus dem Ofen holen.«

»Sie heißt Sieglinde. Ich habe sie gerade am Strickregal gesehen. Jemand möchte einen ihrer Pullover kaufen.«

»Blöde Kuh. Haben nur ihren eigenen Profit im Sinn«, grummelte Marie.

Elin sah von Marie zu dem verbrannten Gebäck und konnte sich das Grinsen nicht verkneifen.

»Weißt du was: Es ist egal. Das Haus ist voll, alle haben eine gute Zeit und genießen unser Café. Unser Fest ist ein voller Erfolg. Komm. Wir gehen jetzt raus und erklären, dass die Lussekatter und Zimtschnecken aus sind, und schenken nur noch Glögg aus.«

Elins Worte besänftigten Marie.

»Du hast recht. Es läuft super. Genauso, wie wir es uns erhofft haben. Da lassen sich die paar Briketts und ein Hexenschuss doch verschmerzen.«

Die beiden gingen in den Laden zurück, wo Kalle wie ein Weltmeister Glögg in Becher füllte, die Tom zu den Gästen brachte. Marie schloss sich ihm an. Sie verteilte Becher, räumte Tische ab, beantwortete Fragen, lachte mit den Frauen vom Weihnachtsmarkt, die noch immer da waren und inzwischen einen ausgesprochen fröhlichen Eindruck machten. Elin verkündete, dass die Küche nun geschlossen sei, was niemanden zu interessieren schien, solange es genug zu trinken gab.

Tom und Marie berührten sich während des Bedienens hin und wieder flüchtig. Einmal strich er über ihre Hand, ein andermal streifte sie seine Schulter. Er suchte ihren Blick und nickte ihr zu. Das warme Gefühl breitete sich in ihr aus und schien ihren ganzen Körper auszufüllen. Sie wollte es festhalten und nicht mehr loslassen, denn es vertrieb die Unruhe und die Zweifel. Wenigstens für diesen Augenblick.

Kapitel 12

Lautes Klopfen an der Tür weckte Marie. Sie schlug die Augen auf. Es war noch dunkel. Die Anzeige ihres Radioweckers zeigte drei Uhr morgens an. Sie stöhnte. Erneut hämmerte es an ihre Tür, dann war Elins Stimme zu hören: »Marie, bist du wach?«

»Fast«, grummelte Marie, stand auf, schlurfte zur Wohnungstür und öffnete ihr. Elin stand, in ein Handtuch gewickelt, davor und fragte, ohne guten Morgen zu sagen: »Hast du warmes Wasser?«

»Keine Ahnung. Ich meine …« Marie unterbrach sich. »Ich hab noch geschlafen.«

Elin ging an ihr vorüber in die Wohnung.

»Die Heizkörper oben sind alle kalt.« Sie schaltete das Deckenlicht ein, was Marie zusammenzucken ließ. So viel Licht war sie um diese Zeit nicht gewohnt.

Elin legte ihre Hand auf den Heizkörper neben dem Sofa und schaute auf das voll aufgedrehte Thermostat.

»Bei dir funktioniert die Heizung auch nicht«, bemerkte sie.

»Ist echt ein bisschen kalt hier«, meinte Marie und rieb ihre nackten Füße aneinander.

»Wir müssen in den Keller und nach der Heizung sehen«, sagte Elin.

»Um was zu machen?«

»Na ja, irgendwas eben.«

»Wir werden hilflos davorstehen, mehr nicht.«

»Aber das geht nicht. Wir öffnen um neun. Heute haben wir schon für den Vormittag drei Tischreservierungen. Wir können den Leuten doch nicht absagen.«

»Das müssen wir auch nicht«, antwortete Marie und gähnte. »Es ist die Heizung, die kaputt ist, aber Strom haben wir noch. Es gibt kein warmes Wasser, na und? Dann duschen wir eben später, wenn Michi das Ding wieder in Gang gesetzt hat. Ich rufe Tom nachher an, und er wird sich darum kümmern. Bis dahin heizen wir im Laden den Ofen an, dann haben es die Gäste schön warm. Und in der Backstube ist es eh immer warm.«

»Aber ich sehe schrecklich aus«, sagte Elin. Sie sank auf das Sofa. »Mit den fettigen Haaren kann ich mich unmöglich blicken lassen. Ich hätte sie schon gestern waschen sollen.«

»Dann wäschst du dir die Haare eben mit kaltem Wasser«, erwiderte Marie. »Du bist doch ein norwegisches Mädchen. Ihr seid doch Kälte gewohnt.« Sie grinste. »Kalte Bäder sollen doch die Abwehr stärken.«

Elin zog eine Grimasse.

»Es wird mir nichts anderes übrigbleiben.« Sie

musterte Marie von oben bis unten und zog eine Augenbraue in die Höhe. »Du hättest heute wieder verschlafen, oder?«

»Vier Uhr morgens in der Backstube wird nie meine Lieblingszeit werden«, erwiderte Marie.

»Du wirst dich daran gewöhnen«, antwortete Elin. »Und wir müssen ja nicht jeden Morgen so früh raus. Nur, wenn wir keine Vorräte mehr haben. Wir können froh sein, dass so viele Gäste kommen. Seit dem Lucia-Fest werden es täglich mehr.«

»Und heute erscheint auch noch der Artikel in der Zeitung«, sagte Marie.

»Stimmt. Ich bin schon gespannt, was darin steht. Gleich nachher müssen wir eine Zeitung holen.«

»Die bringt mit Sicherheit Karl-Theodor mit. Das macht er doch jeden Tag«, antwortete Marie, während sie dicke Stricksocken aus der Schublade ihrer Kommode fischte und über ihre kalten Füße zog. »Hoffentlich bringt Michi die Heizung schnell wieder in Gang. Hier oben haben wir keinen Kachelofen.«

»Das hoffe ich auch«, bemerkte Elin. »Einmal mit kaltem Wasser Haare waschen reicht mir vollkommen. Kannst du dich ums Anheizen kümmern? Ab wann denkst du, können wir Tom anrufen?«

»So gegen acht vielleicht.«

»Gut, also noch fünf Stunden. Bis dahin sind wir mit Backen fertig. Wir sehen uns gleich in der Küche.«

Sie verließ die Wohnung. Marie starrte noch einen

Moment auf die hinter ihr zugefallene Tür, dann sah sie zu ihrem Bett und seufzte.

Wir müssen schnell unseren Umsatz verbessern, dachte sie sich. Dann können wir eine Hilfskraft für die Küche einstellen, und ich muss nicht mehr um vier Uhr morgens in der Backstube stehen.

Sie schlüpfte rasch in einen dicken Strickpullover und ihre Jogginghose, machte eine kurze Katzenwäsche und ging nach unten, um den Ofen anzuheizen. In der Küche stieß Elin zu ihr.

Sie schalteten das Radio ein und tanzten zu der Melodie von *Do They Know It's Christmas* durch den Raum, während sie den Teig für die Zimtschnecken ausrollten, mit Butter und Zimt bestreuten und aufrollten. Marie formte summend Boller und legte sie auf ein Blech zum Aufgehen. Dann machte sie sich daran, die Zutaten für die Totenkringler abzuwiegen.

»Wie wollen wir eigentlich Weihnachten feiern?«, fragte Elin, nachdem sie das erste Blech Zimtschnecken aus dem Ofen geholt hatte. »Darüber haben wir noch gar nicht gesprochen.«

»Stimmt. Obwohl schon in wenigen Tagen Heiligabend ist«, antwortete Marie.

»Ein Julebord wird sich für uns beide nicht lohnen«, sagte Elin.

»Das nicht«, meinte Marie. »Aber wir sind sicher nicht allein. Gertrud hat niemanden, und was ist mit Karl-Theodor? Wir könnten im Laden einen Baum aufstellen und gemeinsam feiern.«

»Daran dachte ich auch schon. Das wäre nett. Tom könnte sich uns ebenfalls anschließen.«

Elin sah zu Marie.

»Ihr seid ein hübsches Paar.«

Maries Wangen färbten sich rot, und sie senkte den Blick. So reagierte sie stets, wenn jemand sie auf Tom ansprach. Sie selbst hatte Elin gleich am Morgen nach dem Lucia-Fest von ihrer Annäherung berichtet.

Marie öffnete gerade eine Mehltüte, als ein Klopfen an der Ladentür sie aufblicken ließ.

»Wer kommt denn schon so früh?«, fragte sie und sah zu Elin, die mit den Schultern zuckte. Sie hatte beide Hände in einem Plätzchenteig stecken, weshalb Marie in den Laden ging, um zu sehen, wer der Besucher war.

Ein Mann in grauem Mantel, mit Hornbrille und Hut stand vor der Tür. Er hatte eine lederne Aktentasche in den Händen und machte Marie ein Zeichen, dass sie ihm aufmachen solle. Ihr schwante Übles. Dieser Mann sah nach Behörde aus. Und wenn jemand zu dieser frühen Stunde auftauchte, es war kurz vor acht, hatte das nichts Gutes zu bedeuten.

Marie öffnete die Tür.

»Guten Morgen. Wir haben noch geschlossen.«

»Ich komme nicht als Gast«, antwortete der Mann mit heiserer Stimme. »Mein Name ist Schulze, Ludwig Schulze, Mitarbeiter des Gewerbeamtes.« Er hustete und holte ein kariertes Stofftaschentuch aus seiner Tasche, mit dem er sich die Nase abtupfte.

Und krank, dachte Marie, während sie dem Mann ein Lächeln schenkte.

»Was kann ich für Sie tun, Herr Schulze?«

»Es wäre wohl besser, wir reden drinnen weiter«, schlug er vor. »Wie ist Ihr Name?«

Marie nannte ihren Namen und trat zur Seite, damit der Mann eintreten konnte. Seine Erleichterung, der Kälte entfliehen zu können, war ihm anzusehen. Marie nutzte den Moment und fragte: »Möchten Sie einen warmen Tee mit Honig?«

Sie sah, wie ihr Gegenüber mit sich haderte. Dann lehnte er ab.

»Sind Sie eine der Inhaberinnen dieses Betriebes?«, fragte er stattdessen mit spitzer Stimme, stellte seine Tasche auf dem Tisch ab und öffnete sie.

»Ja, das bin ich.« Sie fügte hinzu: »Ich leite das Café gemeinsam mit Elin Eide.«

Wie aufs Stichwort tauchte Elin auf. Sie sah zu Marie, die mit den Schultern zuckte.

»Guten Morgen«, begrüßte der Beamte Elin und beförderte einige Unterlagen auf den Tisch.

»Ich habe von Ihrer Neueröffnung durch diesen Flyer erfahren«, begann er zu erklären und legte einen ihrer Werbeflyer auf den Tisch. »Ich sprach mit meiner Kollegin darüber. Sie konnte sich gut an sie beide erinnern. Es war jedoch nur ein normaler Gewerbeschein und keine Konzession, den sie ausstellte. Ist das so richtig?«

»Aber natürlich«, antwortete Marie. »Wir hatten

ihrer Kollegin genau erklärt, was wir vorhaben. Sie hat uns zu dem Gewerbeschein geraten.«

»Das kann nicht sein. Zum Verkauf von selbst zubereiteten Speisen und Alkohol ...« – er unterbrach sich und fragte: »Sie schenken doch Alkohol aus, oder?«, woraufhin Elin perplex nickte – »... benötigen Sie eine Konzession. Daran sind einige Auflagen gebunden, die Sie erfüllen müssen. Deshalb bin ich gekommen, um Sie davon in Kenntnis zu setzen. Ich habe Ihnen eine Liste mitgebracht, welche Unterlagen Sie für die Erteilung einer Konzession benötigen.« Er legte ein Blatt Papier auf den Tisch, das Marie hochhob und genauer in Augenschein nahm. Einige der Punkte las sie laut vor.

»Polizeiliches Führungszeugnis, Gesundheitszeugnis für Betreiber und Angestellte, Nachweis über die Teilnahme an gesetzlich vorgeschriebenen Schulungen über Gesundheit und Hygiene, steuerliche Unbedenklichkeitsbescheinigung ... Himmel. Wo sollen wir das alles so schnell herbekommen?«, rutschte es ihr heraus, was die Miene des Beamten finster werden ließ.

»Darüber hätten Sie sich Gedanken machen sollen, bevor Sie Ihr Café eröffnen. Solange die Konzession nicht erteilt ist, bleibt der Laden geschlossen.«

»Aber ... es waren doch nur Tee mit Rum und Glühwein«, versuchte Marie zu erklären. »Diese Dinge können wir sofort von der Karte nehmen. Wir reichen die benötigten Unterlagen gern in den nächsten Tagen nach. Ich kümmere mich gleich heute darum. Ihre Kollegin hat uns zugesichert, dass ein normaler Gewerbeschein vollkommen ausreicht. Sie können uns doch jetzt nicht einfach den Laden dichtmachen.«

»Dann kannte meine Kollegin eben nicht alle Fakten«, antwortete Schulze. »Wäre nicht das erste Mal, dass Betreiber eines Gewerbes mutwillig Dinge verschweigen. Und es geht ja nicht nur um den Alkohol. Auch andere Dinge sind nicht korrekt. Das Café kann erst wieder geöffnet werden, wenn sämtliche Unterlagen zur Genehmigung der Konzession vorliegen. Aber ich will mal nicht so sein und werde von einem Bußgeld absehen. Die Betreibung einer Gaststätte ohne Konzession kann mit bis zu fünftausend Euro bestraft werden.« Er schloss seinen Aktenkoffer und sah von Elin zu Marie. »Ich bin kein Unmensch. Aber Vorschriften sind Vorschriften. Wenn Sie sämtliche Maßnahmen, die dort notiert sind, umgesetzt haben und Ihre Unterlagen vollständig sind, erteile ich Ihnen gern die Konzession. Dann dürfte einer Neueröffnung Ihres Cafés, sagen wir mal im Januar, nichts im Wege stehen.«

»Im Januar«, wiederholte Elin und riss entsetzt die Augen auf.

»Ja, im Januar. Wir haben nur noch wenige Tage bis Weihnachten, und die Ämter sind überlastet, dazu viele Krankheitsausfälle. Der kalte Winter macht uns allen zu schaffen. Zwischen den Jahren ist das Bürgerbüro in der Regel geschlossen. Und gut Ding will Weile haben, nicht wahr? Guten Tag, die Damen.« Er hob seinen Hut vom Kopf, den er die ganze Zeit über nicht abgesetzt hatte, und verließ das Café.

Marie und Elin konnten es nicht fassen.

»Und jetzt?«, fragte Elin. »Das darf doch alles nicht wahr sein. Was ist das denn heute für ein schrecklicher Tag? Erst geht die Heizung kaputt, und jetzt taucht auch noch so ein Fatzke vom Amt auf. Wir haben doch dieser Frau Wurmseller genau erklärt, was wir vorhaben.«

»Jetzt weiß ich wieder, warum ich Behörden hasse.« Marie sank neben ihr auf die Ofenbank. »Und da macht es keinen Unterschied, wofür sie zuständig sind. Irgendwo läuft immer ein Wichtigtuer wie dieser Schulze herum. Paragraphenpenner«, setzte sie nach einer kurzen Pause hinzu.

»Das heißt, wir müssen schließen«, sagte Elin. »Jetzt, wo es gerade so gut läuft.«

»Uns wird nichts anderes übrigbleiben«, antwortete Marie. »Er kontrolliert uns mit Sicherheit, und wenn er merkt, dass wir doch öffnen, brummt er uns noch die Strafe auf, die er uns so heldenhaft erlassen hat.«

»Also wenn du mich fragst, dann stinkt da was zum Himmel. In diesen Ämtern weiß doch die rechte Hand nicht, was die linke tut«, schimpfte Elin. »Wir müssen etwas unternehmen. Uns beschweren. Der hat doch einen Vorgesetzten.«

»Und was soll das bringen? Ich kenne solche Beamten. Wenn wir uns mit dem anlegen, findet er immer neue Gründe, uns zu schikanieren. Wir sollten zusehen, dass wir so schnell wie möglich die Papiere zusammenbekommen.«

Elin nahm die Auflistung der fehlenden Unterlagen zur Hand und seufzte.

»Wo soll ich denn so schnell ein polizeiliches Führungszeugnis herbekommen? So etwas habe ich in meinem ganzen Leben nicht gebraucht und Oma auch nicht. Wir führen doch nur ein Café. Und eine steuerliche Unbedenklichkeitsbescheinigung – vom deutschen Finanzamt? Stellen die einer Norwegerin so etwas überhaupt aus?«

»Keine Ahnung.« Marie zuckte mit den Schultern. »Bevor dieser Schulze hier war, wusste ich nicht einmal, dass es so etwas gibt. Aber vielleicht kann uns Kalle weiterhelfen. Ich rufe ihn nachher mal an.«

»Ich weiß ja nicht, wie es dir geht«, sagte Elin, »aber ich kann auf den Schrecken erst einmal einen Schnaps gebrauchen.« Elin stand auf, ging hinter die Theke und holte eine Flasche Obstler vom Regal. »Dass ich das um diese Zeit mal sagen würde.« Sie schüttelte den Kopf.

»Einmal ist immer das erste Mal«, antwortete Marie. »Und bring uns zwei Zimtschnecken aus der Küche mit. Zucker ist gut für die Seele. Ich rufe gleich Tom an. Es ist nach acht. Er soll Michi informieren, damit wir es wenigstens wieder warm haben.« Sie zückte ihr Handy und wählte die Nummer von Toms WG. Sein Handy war ihm letzte Woche geklaut worden, und er hatte noch keinen Ersatz besorgen können.

Es meldete sich eine weibliche Stimme, die Marie nicht kannte.

»Hallo?«, fragte sie vorsichtig. »Ich möchte gern mit Tom sprechen.«

»Und wer möchte das?«, fragte die Frau schnippisch zurück. »Du bist doch nicht etwa diese Marie, oder? Dann hör mir mal zu, Süße: Tom gehört mir und sonst niemandem. Verstanden? Lass deine Finger von ihm, oder du erlebst was.« Sie legte auf. Verwirrt sah Marie auf ihr Handy. Was zur Hölle war das gerade?

Elin kam mit den Zimtschnecken aus der Küche und sah Marie verwundert an. »Ist alles in Ordnung? Du bist auf einmal ganz blass.«

»Da war eine Frau am Telefon. Sie ist mit Tom zusammen.«

»Mit Tom? Aber das kann doch gar nicht sein.«

»Aber sie hat es gesagt.« Marie war wie vor den Kopf gestoßen. »Sie meinte, ich solle meine Finger von ihm lassen.«

»Das klärt sich auf«, versuchte Elin sie zu beruhigen.

»Was soll sich denn da aufklären?«, fragte Marie. »Sie war bei ihm in der Wohnung. Vermutlich haben sie die Nacht zusammen verbracht. Und ich bin so dumm und vertraue ihm. Ich dachte wirklich, er hat mich gern.« Marie nahm das Schnapsglas und leerte es in einem Zug.

Elin setzte sich neben sie und tat es ihr gleich. Dann starrten sie eine Weile schweigend auf den Fußboden.

»Oma meinte immer, an Unglückstagen geht man lieber wieder ins Bett. Ich denke, heute ist so ein Tag. Wie kann in wenigen Stunden nur so viel schieflaufen? Die blöde Heizung fällt aus, dieser Paragraphendepp steht bei uns auf der Matte und schließt uns den Laden, und jetzt hat Tom auch noch eine Freundin. Schlimmer kann es wirklich nicht mehr kommen.«

»Oh, sag das nicht«, antwortete Marie sarkastisch. »Schlimmer geht immer.«

Sie nahm ihren Kaffeebecher und nippte daran. Erneut schwiegen beide. Maries Blick wanderte zum Fenster. Es hatte wieder zu schneien begonnen. Dieser Dezember tanzte wirklich aus der Reihe. Betty hätte ihn gemocht. Endlich mal schwamm der Schnee nicht sofort wieder weg und legte seinen weißen Zauber über alles.

»Und wie geht es jetzt weiter?«, fragte Elin.

»Ich hätte das mit Tom lassen sollen«, ging Marie nicht auf ihre Frage ein. »Als hätte ich die ganze Zeit geahnt, dass was nicht stimmt. Ich hätte auf mein Bauchgefühl hören sollen.« Sie nahm einen Schluck von ihrem Kaffee.

»Genauso erging es mir mit meinem Großvater«, sagte Elin. »Da habe ich auch ein ungutes Gefühl gehabt, ihn in Deutschland zu suchen. Das ist diese kleine Stimme in einem, die sagt: *Lass es sein. Ist eine blöde Idee.* Wir sollten ihr mehr vertrauen. Dann hättest du Tom niemals kennengelernt, und wir hätten kein Café an der Backe, für das wir keine Konze-irgendwas haben.«

Die Tür zum Café öffnete sich, und Karl-Theodor trat ein. Er wünschte den Damen fröhlich guten Morgen und fragte, wie es ihnen gehe.

»Nicht so toll heute«, antwortete Marie. »Wir hatten Besuch vom Amt. Von einem gewissen Herrn Schulze, der unseren Laden dichtgemacht hat.«

»Aber wieso?«, fragte Karl-Theodor, während er seinen Mantel an die Garderobe hängte.

Marie erklärte kurz, was in den letzten Stunden geschehen war, und ließ auch den Defekt der Heizung nicht aus. Die Angelegenheit mit Tom verschwieg sie jedoch.

»O weh«, sagte Karl-Theodor. »Aber das kann dieser Beamte doch nicht machen. Die andere Dame im Amt hat euch doch die Genehmigung erteilt. Ihr solltet euch Rat bei einem Anwalt holen. So leicht würde ich mich nicht geschlagen geben. Bei der Berechnung meiner Rente haben sie vor einigen Jahren auch einen Fehler gemacht, und plötzlich ist mir viel weniger ausgezahlt worden. Nachdem ich mich beschwert habe, wurde neu berechnet. Die nette Sachbearbeiterin hat sich sogar bei mir entschuldigt.«

»Karl-Theodor hat recht«, befand Marie. »Wir sollten das nicht einfach hinnehmen. Wir fangen mit der Heizung an. Wie hieß diese Firma gleich noch, bei der Michi arbeitet?«

»Ziegler. Jochen Ziegler«, sagte Karl-Theodor. »Ich stehe mit dem Mann in Kontakt, denn die Heizungsanlage ist so veraltet, dass er mir gestern ein Angebot für den Einbau einer neuen gemacht hat. Für eine moderne Gastherme. Ich könnte ihn gleich anrufen und mich erkundigen, wie lange der Einbau dauern würde.«

»Eine neue Heizung, so kurz vor Weihnachten? Und das bei dem Wetter.« Marie fühlte sich von Karl-Theodors Plan überrumpelt. »Es würde schon helfen, die alte wieder in Gang zu bringen.«

»Schon. Aber es muss ja sowieso eine neue eingebaut werden«, meinte Karl-Theodor.

Marie sah zu Elin, die Karl-Theodor eine Zimtschnecke und eine heiße Schokolade hinstellte.

»Das stimmt natürlich«, antwortete sie. »Allerdings wäre es überraschend, wenn das so schnell ginge. Solche Modelle müssen doch sicher erst bestellt werden.«

»Wir werden sehen«, erwiderte Karl-Theodor und bat um das Telefon. Marie reichte ihm den Festnetzapparat, und er wählte die Nummer der Auskunft, die ihn weiterverband. Marie und Elin lauschten mit gespitzten Ohren.

»Fein, prima. – Ja, das ginge. Wir haben ja den Ofen. – Gleich heute Mittag. – In Kostheim, wie schön.«

Als Karl-Theodor auflegte, sahen Marie und Elin ihn erwartungsvoll an.

»Es klappt. Eigentlich wollte er seinen Betrieb schon für den Weihnachtsurlaub schließen, aber diesen Auftrag würde er noch übernehmen. Er könnte sofort zwei seiner Mitarbeiter vorbeischicken, und die neue Heizung könnte in Mainz-Kostheim abgeholt werden. Wenn es schnell geht, habt ihr an Heiligabend wieder warme Zimmer. Sind das nicht großartige Neuigkeiten?«

»Großartige Neuigkeiten? Erzählt.«

Unbemerkt hatte Gertrud den Laden betreten und sah sie erwartungsvoll an.

»Die Heizung ist kaputt«, antwortete Elin.

»Aber wir lassen eine neue einbauen«, fügte Karl-Theodor hinzu.

»Und das sollen gute Neuigkeiten sein?«, fragte Gertrud erstaunt.

»Es kommt noch besser«, sagte Marie. »Wir müssen den Laden schließen, weil wir keine Konzession haben.«

»Wie, schließen? Was denn für eine Konzession? Wieso das denn?«

»Behördenwillkür«, entgegnete Karl-Theodor. »Aber denen werden wir es zeigen.«

Gertrud sah von Karl-Theodor zu Marie und Elin. »Da schläft man mal eine Nacht aus, und schon liegt alles im Argen.«

»Und im Kalten«, fügte Marie hinzu. »Denkst du,

wir könnten bis Weihnachten wieder in dein Gästezimmer ziehen? In den Wohnungen oben ist es eiskalt.«

»Natürlich. Ich frage gleich meine Nachbarin nach dem Luftbett. Die paar Tage sind doch kein Problem.«

»Dann hätten wir wenigstens ein Problem gelöst«, antwortete Marie. »Und ich hänge ein *Bis auf weiteres geschlossen*-Schild an die Tür. Denkt ihr, wir könnten die drei Reservierungen für heute noch durchziehen? Ich würde ungern schon kurz nach der Eröffnung die Gäste vergraulen.« Sie sah fragend in die Runde.

»Natürlich könnt ihr das«, erwiderte Karl-Theodor und wühlte in der braunen Ledertasche, die er stets bei sich trug. »Und du musst auch kein Schild malen, Marie. Mir ist gerade eingefallen, dass ich einen hervorragenden Kontakt habe, der uns weiterhelfen könnte.« Er holte ein in schwarzes Leder gebundenes Notizbuch aus der Tasche und blätterte darin. »Da ist er ja. Heinrich Gasser. Er ist ein alter Freund von mir und leitete früher das Gewerbeamt. Ist zwar schon ein paar Jährchen her, aber vielleicht kann er uns unterstützen.«

Er tippte die Nummer ins Telefon und begrüßte keine Sekunde später seinen alten Freund. Das Telefonat dauerte quälend lange und drehte sich erst einmal um alle möglichen gemeinsamen Bekannten. Marie dachte schon, er würde gar nicht mehr zum

Punkt kommen. Doch dann kam Karl-Theodor endlich auf den Grund seines Anrufs zu sprechen, und Marie musste ihm noch einmal den Namen des Sachbearbeiters nennen, der bei ihnen gewesen war.

»Verstehe«, sagte Karl-Theodor. »Na sieh mal einer an. So einer ist das. – Natürlich. – Das wäre wunderbar. Selbstverständlich. Immer dieselbe Leier. – Ja, manche Mitarbeiter können einem das Leben schwermachen. – Du meldest dich gleich wieder? – Ja, die Nummer aus dem Display. Vielen Dank, mein Freund. Das ist sehr nett von dir.« Karl-Theodor legte auf.

»Und?«, fragte Marie gespannt.

»Er nimmt sich der Sache an. Dieser Schulze ist kein unbeschriebenes Blatt. Er war dort schon zu den Zeiten meines Freundes einer seiner Mitarbeiter und ist schon immer als Paragraphenreiter und Besserwisser aufgefallen, der mit absoluter Korrektheit übers Ziel hinausschießt. Damit hat er schon oft seine Kollegen verärgert und der Behörde sogar mehrere verlorene Gerichtsverfahren eingebracht. Heinrich ruft gleich den Leiter der Behörde an. Er ist sich sicher, dass es eine schnelle Lösung zu unseren Gunsten geben wird.«

»Oh, das wäre großartig«, antwortete Elin. »Gerade läuft das Café richtig an. Es wäre schrecklich gewesen, es ausgerechnet jetzt schließen zu müssen. Hab ich nicht gesagt, dass er ein Paragraphenpenner ist?« Sie sah zu Marie, die sich beeilte zu nicken.

All ihre Sorgen des Morgens schienen sich mit einem Schlag in Wohlgefallen aufzulösen.

Nur eine blieb. Tom. Wer war die Frau am Telefon? Ob sie wirklich seine Freundin war?

Kapitel 13

Marie packte in ihrer kalten Wohnung einige Sachen zusammen, als es an die Tür klopfte und Toms Stimme erklang.

»Marie?«

Sie antwortete nicht. Sollte er doch zu seiner Freundin gehen. Wieso passierte es immer ihr, dass sie an die falschen Männer geriet? Sie wollte doch nur ein wenig Geborgenheit, jemanden, der zu ihr stand, einen, der bleiben würde. Obwohl sie selbst sich manchmal fragte, ob sie überhaupt für eine feste Beziehung geschaffen war. Alle Menschen, die ihr je etwas bedeutet hatten, waren so schnell wieder aus ihrem Leben verschwunden, dass sie einfach keine Vorstellung hatte, wie es war, jemandem über Jahre hinweg nahe zu sein, mit ihm zu leben. Sie wusste nicht, ob sie es für den Rest ihres Lebens an der Seite eines Mannes aushalten könnte. Aber wie sollte sie es unter diesen Umständen auch herausfinden?

Es klopfte erneut an die Tür. Ihre Hände begannen zu zittern, und das nicht wegen der Kälte.

»Marie. Ich weiß, dass du da bist. Es tut mir leid wegen meiner Ex. Sie ist gestern heulend bei mir aufgetaucht. Sie hat Ärger mit ihrem Neuen. Er ist gewalttätig ihr gegenüber geworden. Ich konnte sie doch nicht einfach so rauswerfen.«

Jetzt kam also eine zurechtgelegte Story, die ihr Herz erwärmen sollte. Aber nicht mit ihr. Diese Lügen und Spielchen kannte sie aus Berlin zur Genüge. Dort war einer ihrer Freunde, sein Name war Daniel, über Monate zweigleisig gefahren, und sie hatte es nur durch Zufall erfahren. Er hatte ihr damals eine rührselige Geschichte aufgetischt, die sie ihm geglaubt und aufgrund derer sie sich wieder mit ihm eingelassen hatte. Genau zwei Wochen war es gutgegangen. Nein, sie würde nicht mehr so naiv sein. Die Frau am Telefon hatte nicht gerade wie ein bedauernswertes Opfer geklungen. Sie wusste genau, was sie wollte und wer ihr im Wege war. Hätte sie ihr gegenübergestanden, hätte sie Marie vermutlich die Augen ausgekratzt.

»Bitte, Marie. Lass uns reden.«

»Es gibt nichts zu reden«, rief sie. »Geh einfach.«

»Ich kann verstehen, dass du wütend bist, aber ...«

»Ich bin nicht wütend«, ließ Marie ihn nicht ausreden. Sie ging zur Tür und öffnete sie. »Ich bin enttäuscht. Und das nicht von dir, sondern von mir. Ich hätte es besser wissen sollen. Es geht immer schief, ob mit dir oder einem anderen. Und das wird sich nie ändern. Geh und lass mich in Ruhe.«

»Es ist nicht, wie du denkst. Wirklich nicht.«

»Es ist mir egal, wie es ist«, unterbrach ihn Marie erneut. »Ich will, dass du gehst.«

Sie schlug die Tür zu, lehnte sich mit dem Rücken dagegen und atmete tief durch. Adrenalin schoss durch ihre Adern, das die Kälte vertrieb. Wut war ein guter Motor, um sich warm zu halten. Sie ballte die Fäuste. Tränen stiegen ihr in die Augen. Irgendetwas ging immer schief. Echtes Glück schien ihr verwehrt zu bleiben. Vielleicht lag das in der Familie. Sie dachte an Betty.

Bei ihr war auch alles schiefgelaufen. Die Liebe ihres Lebens hatte sie nicht wiedersehen dürfen, und ihr Ehemann, der mehr ihr Freund als ihr Geliebter gewesen war, wie sie Marie einmal erklärt hatte, war früh verstorben.

Plötzlich überfiel Marie eine unbändige Sehnsucht nach Loshavn. Nach der Stille und Friedlichkeit des Schärengartens. Vor dem Haus auf der Veranda sitzen und mit einem Kaffeebecher in Händen zur Ruhe kommen, das Nordlicht beobachten und die Gedanken ordnen. Loshavn mit seiner Behaglichkeit und Ruhe hatte ihr geholfen und würde es vermutlich auch jetzt tun.

Erneutes Klopfen an der Tür riss Marie aus ihren Gedanken. Diesmal war es Elin.

»Marie, ist alles in Ordnung? Ich habe Tom weggehen sehen.«

»Komm rein«, antwortete Marie.

Elin betrat den Raum und musterte Marie.

»Du hast geweint.«

»Nein, hab ich nicht«, behauptete Marie, während

erneut Tränen in ihre Augen stiegen, die sie hastig wegwischte. »Hat Tom etwas gesagt?«

»Nein.« Elin schüttelte den Kopf. »Er ist wortlos an der Theke vorbeigegangen und hat sich nicht einmal von Karl-Theodor verabschiedet. Hast du mit ihm geredet?«

»Nicht wirklich«, antwortete Marie. »Er sagte was von seiner Ex, die sich bei ihm ausgeheult hat. Die übliche Leier. Und ich dachte, ihm läge wirklich etwas an mir.«

»Und wenn es stimmt, was er sagt?«

Marie warf Elin einen kurzen Blick zu, der alles sagte.

»Ich meine ja nur.« Elin hob abwehrend die Hände. »Man hat schon Pferde kotzen sehen.«

Jetzt musste Marie schmunzeln.

»Na siehst du. Es geht schon wieder. Kalle ist übrigens unten. Er hat uns einen Weihnachtsbaum gebracht, den er gerade aufstellt. Magst du mir beim Schmücken helfen? Das bringt dich auf andere Gedanken. Und heute Abend können wir uns bei Gertrud in der Küche mit Rotwein und Pizza trösten.«

»Rotwein und Pizza, meine Favoriten«, antwortete Marie. »Wie sieht es mit der Heizung aus? Bisher habe ich keinen Heizungsbauer gesehen.«

»Das wird auch nichts mehr vor Weihnachten«, sagte Elin seufzend. »Karl-Theodor hat vorhin noch einen Anruf bekommen. Wir müssen uns bis ins neue Jahr gedulden.«

»Ich habe es geahnt. Drei Tage vor Weihnachten baut einem niemand eine neue Heizung ein.«

»Gut, dass wir den Kachelofen haben. Kalle hat noch einmal Holz mitgebracht. Ich habe ihn übrigens gefragt, was er für die Feiertage geplant hat, und stell dir vor, er hat etwas von Inventur geredet.«

»Inventur. Zu Weihnachten?«, sagte Marie entsetzt.

»So habe ich auch reagiert und ihn deshalb spontan zu unserem Fest eingeladen. Es ist dir doch recht, oder?«

»Gewiss doch. Mit Kalle wird es sicher lustig.«

»Er wollte etwas zum Büfett beisteuern. Einen Eintopf, den er Soljanka genannt hat und dessen Rezept er von seinem Großvater hat. Denkst du, so eine Soljanka passt zu unserem Julbord?«

»Sicher«, antwortete Marie. »Du wirst das mögen, ich habe das in Berlin oft gegessen.« Marie ging zur Tür und öffnete sie. »Ich hoffe, er macht sie mit Chili. Dann wärmt sie einen gut von innen.«

»Also gut. Dann gibt es eben Soljanka. Unser Julbord findet ja nicht in Norwegen statt und muss nicht genau so sein, wie man es dort machen würde. Aber es gibt Rippchen, ohne geht es nicht. Und den Haferbrei. Schließlich muss ja jemand die Mandel finden.«

Die beiden verließen die Wohnung, gingen durch das eiskalte Treppenhaus und betraten den Gastraum, in dem sie wohlige Wärme empfing. Karl-Theodor schien beim Weihnachtsbaumaufstellen das Kommando übernommen zu haben. Er betrachtete den neben dem Strickregal stehenden Baum prüfend von allen Seiten.

»Nein, noch ein bisschen nach rechts. Das war zu weit. Jetzt ist er schief. Doch wieder nach links. Vielleicht sollten wir ihn ein Stück nach vorn rücken. Ja, schon besser. Noch ein bisschen nach rechts. So ist es gut. Besser wird es nicht.«

Kalle kam unter dem Baum hervor. Sein Kopf war puterrot, und ihm standen die Schweißperlen auf der Stirn.

»Also wenn ich den Baum jetzt noch einmal nach links oder rechts rücken muss, verarbeite ich ihn zu Kleinholz und schmeiße ihn in den Ofen. Das ist ein Naturprodukt, und er war nicht der Teuerste. Da kann man nicht zu viel erwarten.«

»Also ich finde ihn schön«, sagte Marie. »Und er steht kerzengerade.«

»Ja, wie eine Eins«, pflichtete Elin ihr bei. »Ein akkurates Naturprodukt.«

»Siehst du«, meinte Kalle zu Karl-Theodor. »Ist doch alles bestens. Jetzt können die Mädels den Schnickschnack dranhängen, und ich gönne mir ein Schnäpschen.«

»Das hätte ich jetzt auch gern«, sagte Karl-Theodor zu Marie gewandt. »Und das hätte ich ja beinahe vergessen. Während ihr oben wart, hat mich mein Freund angerufen – die Sache mit Schulze ist geklärt. In den nächsten Tagen flattert die Konzession in euren Briefkasten.«

»Das sind ja großartige Neuigkeiten!«, freute sich Elin. »Dann gibt es jetzt für uns alle einen Schnaps.« Sie holte die Obstlerflasche vom Regal, und sie stießen gemeinsam auf den rechtsstaatlichen Erfolg an, wie es Karl-Theodor nannte.

Danach machten sich Elin und Marie ans Baumschmücken. Sie bekamen bald Hilfe, denn Gertrud traf in Begleitung von Käthe, Elfriede und Sieglinde ein. In der Gemeindehalle sei jetzt auch die Heizung ausgefallen. Dort könnten sie nicht arbeiten, und am Kachelofen sei es so gemütlich. So war der Baum rasch geschmückt. Ihn zierten nun eine Lichterkette und ein buntes Sammelsurium an Christbaumschmuck, Äpfel, Holzfiguren und Schneemänner aus weißer Keramik, Kugeln in allen möglichen Farben, dazu noch eine goldene Girlande und Strohsterne. Am Ende war von dem Baum selbst kaum noch etwas zu erkennen, was jedoch niemandem etwas auszumachen schien. Karl-Theodor lobte das kitschige Meisterwerk in den höchsten Tönen und gönnte sich zur Feier des Tages einen weiteren Obstler. Marie beschloss, die auf dem Tisch stehende Flasche lieber in der Küche verschwinden zu lassen.

»Nicht, dass wir noch Ärger mit dem Altenheim kriegen, wenn wir ihn volltrunken nach Hause schicken«, raunte sie Elin zu, als sie aus der Küche zurückkam.

Es wurde noch ein gemütlicher Spätnachmittag, der Marie ihren Kummer mit Tom ein wenig vergessen ließ. Die Strickdamen erzählten von den Weihnachtsfesten aus ihrer Kindheit, als man sich noch über den vom Vater selbstgebauten Puppenwagen freute. Von mageren Zeiten und kleinen Freuden. »War eben noch eine andere Zeit damals. Wir waren mit ganz einfachen Dingen zufrieden«, meinte Käthe.

»Und oftmals glücklicher«, fügte Elfriede hinzu.

Elin erzählte von norwegischen Weihnachtsbräuchen, erklärte, dass es in Norwegen weder das Christkind noch den Weihnachtsmann gebe. Bei ihnen brachte der Julenissen, eine Art Weihnachtsgnom, die Geschenke. Um ihn milde zu stimmen, stellten ihm die Kinder am Weihnachtsabend Haferschleim auf die Fensterbänke. Taten sie das nicht, spielte er ihnen Streiche.

»Aber der Julenissen wohnt nicht am Nordpol«, erklärte Elin weiter. »Sondern in dem beschaulichen Ort Drøbak am Oslofjord. Man kann dem Weihnachtsgnom dorthin sogar einen Brief schicken. Er hat eine offizielle Postadresse in Drøbak.«

»Das geht mit dem Christkind auch«, sagte Gertrud, deren Wangen rötlich schimmerten, seit sie dem Glühwein zugesprochen hatte. »Bei uns heißt der Ort Himmelpforten.«

»Ich hab dem Christkind auch einmal einen Brief geschrieben«, sagte Marie. »Aber ich glaube nicht, dass er angekommen ist. Damals habe ich mir gewünscht, dass er mir meine Mama wiederbringt.« Maries Worte versetzten der fröhlichen Stimmung einen Dämpfer, und für einen Moment herrschte Schweigen.

Elfriede war diejenige, die die Stille brach. Sie schaute auf ihre Armbanduhr.

»Es ist spät geworden. Ist besser, wenn wir nach Hause gehen.« Sie sah die beiden anderen Damen auffordernd an, die nickten.

»Ich denke, wir sollten jetzt auch Feierabend machen«, sagte Marie und wandte sich zu Karl-Theodor. »Wenn du magst, begleite ich dich nach Hause.«

»Gern«, erwiderte er. »Zu zweit läuft es sich besser als allein.«

Alle erhoben sich und deckten gemeinsam den Tisch ab. Gertrud und Elin wollten noch aufräumen und auf Maries Rückkehr warten. Dann würden sie gemeinsam zu Gertruds Wohnung gehen.

Marie ließ die Umarmungen der Strickdamen über sich ergehen und wünschte einen guten Heimweg. Dann verabschiedete sie sich von Kalle und half Karl-Theodor in den Mantel, nahm sich selbst ihre Jacke und ihre Norwegenmütze und wickelte ihren dicken Wollschal um den Hals.

Draußen empfing sie frostige Luft. Es schneite nicht. Sie liefen die Kleine Langgasse hinunter und traten auf die Kirchgasse, auf der rege Betriebsamkeit herrschte. Menschen mit Tüten in den Händen eilten mit angespannten Gesichtern an ihnen vorüber. Der alljährliche Geschenkestress strebte seinem Höhepunkt zu.

»Wollen wir die Strecke laufen?«, fragte Karl-Theodor. »Mit dem Bus muss ich zweimal umsteigen, und es tummeln sich die Grippeviren darin.«

»Gern«, antwortete Marie. »Wenn es dir nicht zu weit ist.«

»Ich werde es nicht in zehn Minuten schaffen«, erwiderte Karl-Theodor. »Aber gemütlich kommt man auch an sein Ziel.« Er zwinkerte Marie zu und hielt ihr den Arm hin. Sie hängte sich bei ihm ein, und sie folgten der Kirchgasse in Richtung Kochbrunnen.

»Wieso wohnst du eigentlich im Haus Sonnenschein?«, fragte Marie, was ihr schon länger auf der Seele lag. »Du bist doch noch fit und kommst zurecht.«

»Jetzt bin ich das«, antwortete Karl-Theodor. »Aber vor ein paar Jahren, als meine Elli gestorben ist, war es anders. Ich hatte zu dieser Zeit meinen ersten Herzinfarkt. Mein Hausarzt riet mir damals, wegen der Versorgung in ein Heim zu gehen, und empfahl mir das Haus Sonnenschein. Ich vermietete unsere Eigentumswohnung in Sonnenberg, in der mich alles an meine geliebte Elli erinnerte, und zog um. Und seitdem bin ich dort. Manchmal sehne ich mich natürlich nach der alten Selbständigkeit – und natürlich nach besserem Essen –, aber ich habe nicht vergessen, wie viel Unterstützung ich dort bekommen habe, als ich sie brauchte.«

»Fehlt dir Betty?«, fragte Marie.

»Natürlich. Obwohl sie so eigenwillig war. Sie hat

selten mit jemandem mehr als zwei Worte gesprochen. Erst durch dich ist sie aufgetaut. Aber ich habe mich für sie gefreut, dass sie in ihre Heimat zurückkehren konnte.«

»Ja, das war genau das, was sie sich für ihren Lebensabend gewünscht hat«, sagte Marie.

Einen Moment schwiegen beide. Sie schlenderten die Taunusstraße hinunter, auf der es langsam ruhiger wurde.

»Was ist los?«, fragte Karl-Theodor, während sie an dem im Dunkeln liegenden Neropark vorüberliefen. Lichterketten, die an den gegenüber dem Park liegenden Häusern angebracht waren, verbreiteten warmes Licht. In dem einen oder anderen Fenster war ein funkelnder Weihnachtsbaum zu sehen.

»Was soll los sein?«, wich Marie aus.

»Mir machst du nichts vor. Du bist Betty sehr ähnlich, wenn dir etwas nicht passt. Derselbe Gesichtsausdruck. Dich beschäftigt etwas.«

»Ich dachte, ich würde Tom etwas bedeuten«, bekannte sie nach kurzem Zögern. »Aber nun habe ich erfahren, dass er eine Freundin hat.«

»Das ist es also. Ich wusste gar nicht, dass er eine Freundin hat. Allerdings sprechen wir selten über solche Dinge.«

»Es ist nicht nur seinetwegen«, sagte Marie. »Es kommt alles zusammen. Seit Bettys Tod fühle ich mich wie ein Stück Treibholz. Mit ihr habe ich den Halt verloren.« Ihr stiegen Tränen in die Augen.

»Ach Mädchen. Nicht weinen«, tröstete Karl-Theodor. »Dafür ist es zu kalt. Nicht dass dir deine Tränen auf den Wangen gefrieren.«

»Es geht schon wieder«, antwortete Marie und wischte sich mit der Hand übers Gesicht. »Ich weine gar nicht.«

»O doch, das tust du, und es ist in Ordnung so. Du darfst um sie trauern und dich verloren fühlen. Als meine Elli damals gestorben ist, hatte ich das Gefühl, die Zeit wäre stehengeblieben. Sie lag in diesem Krankenhausbett vor mir, die Hände gefaltet, die Augen geschlossen. Die Schläuche waren fort, die Apparate abgeschaltet. In dem Raum war es totenstill. An die Tage nach ihrem Tod habe ich kaum Erinnerungen. Weiße Rosen lagen auf ihrem Sarg. Sie liebte weiße Rosen. Auf ihrem Grab habe ich einen Rosenstock pflanzen lassen, der jeden Sommer blüht. Ich besuche sie oft und erzähle ihr, was ich mache, wie es mir geht. Ich lese ihren Namen auf dem Grabstein, die Daten ihres Lebens und denke daran, wie wir es gemeinsam gefüllt haben, an die Momente des Glücks und der Trauer, die wir gemeinsam erlebt haben. Bald bin ich bei dir, habe ich neulich zu ihr gesagt. Traurigsein gehört zum Leben dazu. Ohne die Traurigkeit gäbe es den Frohsinn und das Glück nicht. Die Medaille hat immer zwei Seiten. Hab Geduld mit deinem Kummer, mit dir selbst. Das wird schon wieder.« Er tätschelte Maries Arm.

Marie nickte. Karl-Theodor hatte vermutlich

recht. Bettys Tod lag nur wenige Monate zurück. Sie musste sich mehr Zeit geben. Und vielleicht sollte sie noch einmal mit Tom reden. Als hätte Karl-Theodor ihre Gedanken erraten, sagte er:

»Tom ist ein guter Junge. Ihr wärt ein hübsches Paar.«

Ja, das wären wir, dachte Marie und seufzte. Im Reden war sie noch nie gut gewesen.

Kapitel 14

Marie schob ein weiteres Holzscheit in den Kachelofen und sah nach draußen. Es schneite noch immer, schon seit den frühen Morgenstunden. Den ganzen Tag über war es nicht richtig hell geworden, und jetzt versank dieser vierundzwanzigste Dezember wieder in Dunkelheit.

Elin gefiel der Flockenzauber. Schon dreimal hatte sie heute vor dem Café Schnee geschippt und sogar versucht, einen Schneemann zu bauen, was mit dem Pulverschnee jedoch nicht recht funktionieren wollte. Jetzt stand sie in der Küche und sah nach der Schweinerippe, die es heute Abend geben würde. Schon seit mehr als zwei Stunden garte sie im Ofen, anfangs noch abgedeckt und mit etwas Wasser im Bräter, jetzt brutzelte sie ohne die Abdeckung, damit sie schön knusprig würde. Die dazugehörigen Beilagen, Fleischklöße, Preiselbeeren, Rotkohl und Bratensoße, standen schon bereit. Ein Julbord ohne Rippchen war in Elins Augen nicht vorstellbar. Dazu würde es Salate geben, die sie gestern vorbereitet hatten, und Lachs in den unterschiedlichsten Ausführungen, mal als Röllchen mit Gurke, mal als Tatar oder aufgeschnitten.

Selbstverständlich hatten sie auch den traditionellen Haferbrei vorbereitet, in dem die Mandel versteckt wurde. Lussekatter und Zimtschnecken standen bereit, und Karl-Theodor hatte vom Bäcker Bauernbrot mitgebracht. An der Tür hing ein Schild, auf dem *Geschlossene Gesellschaft* stand. Marie hatte den Tisch am Fenster mit Kerzen und Tannengrün dekoriert. Die Lichterketten und der funkelnde Weihnachtsbaum verbreiteten warmes Licht. Karl-Theodor saß neben Gertrud auf der Ofenbank, die ihr Strickzeug in Händen hielt und einen etwas mitgenommenen Eindruck machte. Nun hatte auch sie eine Erkältung erwischt, und sie schniefte. Vor ihr dampfte ein heißer Ingwertee, den ihr Elin gebracht hatte. Karl-Theodor hatte ebenfalls einen bestellt, gern mit einem Schlückchen Rum darin.

»Es ist wie verhext«, jammerte Gertrud und legte ihr Strickzeug zur Seite, um sich die Nase zu putzen. »Gestern früh war ich noch topfit. Und heute Morgen war die Nase dicht, und der Schädel dröhnte. Und das ausgerechnet zu Weihnachten.«

»Eine Erkältung kommt immer, wenn man sie am wenigsten gebrauchen kann«, sagte Marie und kehrte mit dem Handbesen einige Rindenstücke weg, die auf den Boden gefallen waren. »Wem sagst du das«, antwortete Gertrud und trompetete erneut in ihr Taschentuch. Karl-Theodor rückte ein Stück von ihr ab. Die Tür öffnete sich, und Kalle betrat den Raum. Er hatte seinen Mitarbeiter Thorsten im Schlepptau, der einen großen Suppentopf schleppte und betrübt wirkte.

»Guten Tag, ihr Lieben«, grüßte Kalle fröhlich. »Ich hab Thorsten mitgebracht, wenn es recht ist. Den hat gestern seine Freundin rausgeworfen, und er weiß nicht, wohin. Schläft jetzt im Laden. Aber Weihnachten zwischen dem ganzen Plunder ist ja nix. Da dachte ich, ich bring ihn mit. Für einen mehr wird das Essen bestimmt noch reichen, oder?«

»Grüß dich, Kalle«, rief Elin, die gerade aus der Küche kam.

»Frohe Weihnachten, Elin«, sagte er fröhlich. »Siehst ja lustig aus. Wie ein zerrupfter Weihnachtsengel in Schön.«

Das war eine passende Beschreibung. Elin hatte ihr blondes Haar im Nacken zusammengebunden, doch viele Strähnen hatten sich gelöst. Ihre Wangen waren gerötet, ihre Küchenschürze von Fettspritzern übersät. Sie grinste über das ganze Gesicht, und ihre Augen strahlten. Wieder einmal verblüffte Marie die Ähnlichkeit mit ihrer Großmutter auf der Fotografie, die neben der Theke an der Wand hing. Dieselben Wangen, dieselbe Nase und ein ähnlicher Ausdruck in den Augen. So wie sie selbst ein Abbild von Betty war, war Elin eines von Jane. Da war sie wieder – die Vergangenheit. Ohne Vorwarnung hatte sie sich angeschlichen und traf Marie mitten ins Herz. Während Kalle zu Elin in die Küche ging, trat sie ans Fenster und blickte hinaus. Hier konnte sie nur auf die Gasse und die gegenüberliegenden Häuser schauen. Sie dachte an ihr letztes Weihnachten zurück, das Betty und sie allein gefeiert hatten. Betty hatte es nicht gefallen, dass Marie ihren kleinen Weihnachtsbaum bei einem Christbaumverkäufer in Farsund gekauft und nicht in dem kleinen Waldstück oberhalb des Dorfes selbst geschlagen hatte, wie sie es früher stets getan hatten. Doch Marie hatte keine Lust gehabt, bei dem ungemütlich feuchten Wetter im Wald herumzulaufen. Erst an Heiligabend war es kalt geworden, und mit der Dämmerung hatte es zu schneien begonnen. Selbstverständlich hatte es auch bei ihnen Rippchen und Lachs gegeben. Dazu Lussekatter und andere Weihnachtskekse. Betty hatte ihr an dem Abend vom Tod ihres Vaters, der kurz vor dem Fest gestorben war, weil sein Schiff gekentert war, erzählt. »Er hat Draug, den alten Troll, einmal zu viel herausgefordert«, hatte sie gesagt. Marie wusste inzwischen, was es mit Draug auf sich hatte. Er galt als Schrecken aller Fischer, konnte Stürme heraufziehen lassen und ganze Fischerboote zerschlagen. Als Betty von ihrem Vater sprach, hatte sie Tränen in den Augen. »Du musst immer den Horizont im Auge behalten, immer geradeaus, dann wird es schon gutgehen, hörst du, Lisbet? Das Steuerrad, lass es nie aus der Hand, das verzeiht er dir nicht. Und nimm dich vor Draug in Acht.«

In diesem Moment schien ihre Großmutter weit fort zu sein, wieder in ihrer Vergangenheit, als sie noch Lisbet war und nicht Betty. Aber war das nicht ihr echtes Leben gewesen? Denn die Vergangenheit mit all ihren Schatten hatte sich durch die Änderung des Namens nicht vertreiben lassen. Ihr Vater war Draug nicht entkommen, und es wurde ein trauriges Weihnachtsfest. Das neue Jahr begann mit einem großen Streit mit ihrer Mutter, der Flucht aus Loshavn und der Nachricht, dass Erich an die Ostfront versetzt worden war. Sie sollte ihn nie wiedersehen.

Der Schuldige für den Tod des Vaters war schnell gefunden. Draug, der Troll. Doch gab es nicht für jeden Kummer einen Schuldigen? Oder war der Troll nur ein Weg, um die Traurigkeit und die Wut zu ertragen? Das Übersinnliche lieferte einen Sündenbock. Doch Erich hatte ihr kein Troll, sondern der Krieg genommen. Ein Krieg, der ihn erst zu ihr führte und ihn ihr dann wieder fortnahm. Es war kein Troll, sondern das Leben, das grausam gewesen war.

Plötzlich verspürte Marie den Drang hinauszugehen. Sie nahm ihre Jacke, zog sie über und murmelte etwas von einem kurzen Spaziergang. Ohne eine Antwort der anderen abzuwarten, verließ sie das Café. Draußen setzte sie ihre Mütze auf. Der Schneefall hatte etwas nachgelassen, und es war herrlich still. Sämtliche Läden hatten geschlossen, nur noch wenige Passanten waren unterwegs. Auf dem Weihnachtsmarkt versanken die verrammelten Verkaufsstände im Schnee. Es roch nach Frost und Kälte. Sie lief in Richtung Staatstheater. Auch die davor aufgebaute Schlittschuhbahn war geschlossen. Eine einzelne Eisläuferin war noch da, die ihre Runden zog. Sie drehte Pirouetten, hob grazil ihre Arme in die Höhe und schien zu ihrer ganz eigenen Musik zu tanzen. Marie sah ihr eine Weile zu, wie sie über die von Schnee bedeckte Eisfläche zu schweben schien. Sie erinnerte Marie an die kleinen Ballerinen, die in Spieluhren tanzten. In einem Laden in Berlin hatte sie mal so ein kleines Kunstwerk gesehen. Sie war rund und aus dunklem Holz gefertigt gewesen. An ihrer Oberseite war ein Deckel, der sich öffnen ließ und eine Glasfläche zum Vorschein brachte, auf der die kleine Ballerina zur Musik der »Zauberflöte« tanzte. Vielleicht tanzte die Eisläuferin vor ihr auch zu dieser Melodie.

Marie genoss diesen Moment der Stille. Die Hektik des Alltags war von der Stadt abgefallen, der Schnee betäubte ihren Lärm. Die Eiskunstläuferin beendete ihren Tanz und verließ die Eisfläche, was Marie bedauerte. Gern hätte sie ihr noch länger zugesehen. Sie ging weiter und erreichte das vertraute Schachfeld, wo sie so oft mit Betty gewesen war. Jedenfalls die Stelle, an der es war, denn vom Spielfeld selbst war nichts zu sehen. Auf der Kiste mit den Figuren lag dick der Schnee, genauso wie auf den Parkbänken. Dieser Ort zog sie magisch an. Kein anderer Platz in Wiesbaden verband sie so sehr mit Betty wie dieser. Hier waren sie zusammen glücklich gewesen. Marie schloss die Augen und versuchte, sich Bettys Stimme in Erinnerung zu rufen.

»Mit meinem nächsten Zug bist du schachmatt.«

»Das glaubst nur du«, hatte sie ihr geantwortet.

Betty war an ihr vorbeigegangen und hatte ihre Dame gesetzt. Marie hatte ihr Parfum gerochen, das exklusive Chanel N° 5. Betty hatte ihr einen Flakon davon zu Weihnachten geschenkt, doch Marie hatte den Duft bisher nur selten aufgetragen. Wie ein Heiligtum stand der schlichte, edle Glasflakon in ihrem Badezimmerschränkchen.

»Gertrud hatte also recht«, riss Toms Stimme sie aus ihren Gedanken. Er trat neben sie.

»Ach ja?« Marie zuckte mit den Schultern.

»Elin war in Sorge um dich. Sie meinte, du wärst einfach abgehauen«, erklärte Tom. »Gertrud gab mir den Tipp mit dem Schachspiel.«

»Ich brauchte ein wenig frische Luft«, antwortete Marie. »Alles klar bei dir?« Ihre Stimme klang ruppiger, als sie gewollt hatte.

»Ich wollte mit lieben Menschen Weihnachten feiern. Nur leider fehlte der Liebste von allen. Also habe ich mich auf die Suche nach ihm gemacht.«

Marie sagte nichts.

»Die Frau, mit der du am Telefon gesprochen hast, heißt Sabine und war an meiner Uni. Doch sie hat ihr Studium im letzten Semester abgebrochen und mich wegen eines anderen verlassen. Eines Typen aus Frankfurt. Dann stand sie ohne Vorwarnung mit einem blauen Auge vor meiner Tür und hat geheult. Was hätte ich denn machen sollen? Sie wegschicken?«

Marie schwieg noch immer.

»Ich wusste nicht, dass sie mit dir gesprochen hat. Ich hab ihr von dir erzählt, und sie schien es akzeptiert zu haben. Sie hat auf unserem Küchensofa geschlafen. Andi, mein Mitbewohner, hat mir erst heute Morgen gesagt, dass er gehört hat, was für dumme Sprüche sie am Telefon von sich gegeben hat. Es tut mir leid, dass das passiert ist. Aber zwischen ihr und mir war nichts, und da wird auch nie wieder etwas sein.«

Marie nickte zögernd, worauf er näher an sie herantrat und sie in seine Arme zog. Sie lehnte sich gegen seine Schulter und flüsterte: »An diesem Ort scheint es mir immer, als wäre sie noch bei mir.«

»Ich weiß«, antwortete er. »Aber sie ist nicht nur hier bei dir, sondern überall. Denn sie ist immer in deinem Herzen.«

»Ja, das ist sie«, antwortete Marie, und plötzlich musste sie lächeln. »Wenn sie hier wäre, würde sie sagen: Was machst du da, Mädchen? Holst dir noch den Tod. Ist kein Wetter zum Schachspielen heute.«

»Sie scheint eine ziemlich resolute Person gewesen zu sein«, antwortete Tom lachend.

»Ja«, erwiderte Marie. »Das war sie wirklich.«

»Komm«, sagte Tom. »Lass uns zu den anderen gehen. Sie machen sich bestimmt schon Sorgen um uns.«

Arm in Arm verließen sie den Park und gingen durch die verschneite Stadt zurück zum Café. Als sie in die Kleine Langgasse einbogen, fiel Marie ein alter

Mann mit Gehstock auf, der vor dem Café stand und hineinblickte. Konnte es tatsächlich sein ...?

Sie trat näher und erkannte ihn. Es war Elins Großvater. Wilhelm Kreuzer.

»Guten Abend, Herr Kreuzer«, begrüßte sie ihn. »Sie möchten zu Elin, oder? Schön, dass Sie gekommen sind.«

»Guten Abend«, antwortete er. »Ja, ich meine ... ich dachte ...« Er stockte und setzte neu an: »Ich habe mit einer Dame namens Gertrud Kugler telefoniert, und sie hat mich für heute Abend eingeladen. Aber jetzt ... ich frage mich, ob es eine gute Idee war herzukommen.«

»Es ist großartig, dass Sie gekommen sind. Elin wird sich unglaublich freuen. Kommen Sie, wir gehen ins Warme.«

Der alte Mann zögerte, sah von Marie zu Tom und dann auf seinen Gehstock.

»Ich habe mein rechtes Bein im Krieg verloren, an der linken Hand fehlen mir zwei Finger. Ich schämte mich damals. Ich dachte, einen Krüppel wie mich würde sie nicht lieben können.« Seine Stimme klang traurig. »Sie sieht aus wie sie. Und dieses Gesicht wiederzusehen war ein Schock für mich.«

»Ich weiß«, antwortete Marie. »Elin ist Jane wie aus dem Gesicht geschnitten.«

»Jane«, wiederholte Wilhelm Kreuzer und atmete tief durch.

»Kommen Sie«, sagte Marie. Sie hielt dem Mann

auffordernd die Hand hin. Er ergriff sie, und sie gingen zum Laden. Tom öffnete ihnen die Tür und ließ ihnen den Vortritt. Als Wilhelm den Raum betrat, wurden Elins Augen groß, und sämtliche Gespräche im Raum verstummten. Inzwischen hatte sich am Julbord eine illustre Gästeschar eingefunden. Karl-Theodor, Kalle und Thorsten. Auch Käthe und Elfriede von den Strickdamen waren gekommen, die beide Witwe und kinderlos waren und das Fest sonst allein verbracht hätten.

»Du bist hier. Ich meine, wie …«

»Ich hab ihn eingeladen«, meldete sich Gertrud zu Wort.

»Das war sehr freundlich«, antwortete er in ihre Richtung, dann wandte er sich seiner Enkelin zu. »Ich habe nie aufgehört, deine Großmutter zu lieben. Niemals. Aber ich bin doch ein Krüppel. Was sollte sie denn von einem wie mir noch wollen? Wie hätte ich für sie und ein Kind sorgen sollen?«

Elin stiegen Tränen in die Augen.

»Ich wollte neulich nicht so abweisend sein«, fuhr er fort. »Aber … ich war so überwältigt. Ich hätte nicht gedacht, dass es mir vergönnt sein würde, Janes Züge noch einmal wiederzusehen.«

Elin lächelte. Tränen liefen ihr über die Wangen.

»Ich weiß«, sagte sie, während sie auf ihn zuging und ihn in die Arme schloss. »Ich weiß«, wiederholte sie. »Und sie liebte dich mehr als alles andere auf der Welt.«

Marie weinte ebenfalls, genauso wie alle anderen im Raum. Sie dachte an Betty und ihren Großvater und an all das, was die jungen Norwegerinnen damals ertragen mussten. Als Deutschenmädchen waren sie beschimpft worden. Dabei machte die Liebe keinen Unterschied zwischen Freund und Feind, sie war etwas ganz und gar Unvernünftiges, und das würde wohl auch immer so bleiben.

Marie spürte, wie Tom ihre Hand nahm und sie drückte. Das vertraute Kribbeln in ihrem Magen kehrte zurück. Sie würden sehen, was die Zukunft brächte.

Es war Karl-Theodor, der die rührselige Stimmung irgendwann durchbrach. »Alle sind am Heulen, und was ist mit dem Essen? Seit Stunden werde ich auf später vertröstet, und es duftet so unglaublich lecker.«

Elin löste sich aus der Umarmung ihres Großvaters. Ein Schmunzeln umspielte ihre Lippen.

»Na dann. Jetzt scheinen wir endlich vollzählig zu sein. Somit erkläre ich unser Julbord für eröffnet und wünsche euch allen fröhliche Weihnachten oder wie wir Norweger sagen: *God jul.*«

Aus der norwegischen Backstube

Kanelsnurrer (Norwegische Zimtschnecken)

1–1,5 kg Weizenmehl
200 g Zucker
2 Teelöffel Kardamom
2 Eier
100 g Butter
600 ml Vollmilch
50 g frische Hefe

Für die Füllung:
Butter, Zucker und Zimt

Butter und Milch leicht erwärmen. Die Hefe zerbröseln und hinzugeben. Das Ei einrühren.

Weizenmehl, Zucker und Kardamom mischen und nach und nach so lange hinzugeben, bis der Teig nicht mehr klebt.

45 Minuten ruhen lassen.

Dann kurz durchkneten und zu einem Rechteck ausrollen. Eine dünne Lage geschmolzene Butter (oder Margarine) darüberstreichen, mit Zucker und Zimt bestreuen.

Den Teig zusammenrollen und in ca. 2 Zentimeter dicke Scheiben schneiden.

Nun 20 bis 30 Minuten ruhen lassen, dann bei 250 °C 8 bis 10 Minuten im Ofen backen (nicht zu braun werden lassen).

Boller
(Norwegische Milchbrötchen)

100 g Butter
200 ml Milch
1 Pck. Hefe
90 g Zucker
1 Ei
1 Teelöffel Kardamom
½ Teelöffel Salz
500 g Mehl

Butter in einem Topf schmelzen lassen, Milch hinzugeben und abkühlen lassen, bis die Flüssigkeit lauwarm ist. Nun die Hefe darin auflösen.

Ei und Zucker verrühren und zusammen mit Salz, Kardamom und Mehl hinzugeben, zu einem geschmeidigen Teig verarbeiten. Abgedeckt 30 Minuten gehen lassen.

Auf bemehlter Arbeitsfläche nochmals durchkneten, zu einer Rolle formen und in 16 gleich große Stücke teilen. Diese zu runden Bollern (Brötchen) formen und auf ein mit Backpapier belegtes Backblech geben. Erneut ca. 30 Minuten gehen lassen.

Im vorgeheizten Backofen auf mittlerer Schiene bei 220 °C für ca. 10 Minuten backen.

Boller auf einem Rost abkühlen lassen.

Lussekatter (Luciakatzen)

Ein Rezept für den Lucia-Tag, den 13.12.

150 g Butter
500 ml Milch
50 g Hefe
1 g Safran
150 g Zucker
½ Teelöffel Salz
2 Teelöffel Kardamom
1–1,3 kg Weizenmehl

Zur Verzierung:
1 geschlagenes Ei
1 ml Rosinen

Butter schmelzen und Milch zugeben. Die Hefe zerbröckeln und in einen Teil der lauwarmen Milchmischung einrühren. Den Rest der Flüssigkeit nun hinzugeben.

Zucker, Salz, Kardamom, Safran und Mehl zugeben, bis der Teig eine gute Festigkeit besitzt.

Gehen lassen, bis der Teig die doppelte Größe angenommen hat (mit Frischhaltefolie bedeckt, an einem lauwarmen Ort).

Ofen auf 250 °C vorheizen. Backpapier auf ein Blech legen.

Etwas Mehl auf den Tisch streuen und den Teig gut durchkneten. In Stücke zerteilen und zu fingerdicken Würsten rollen. In ca. 30 Stücke teilen.

Daraus Kringel oder, wenn man das lieber mag, Schlaufen formen.

Nun auf das Ofenblech legen, mit Frischhaltefolie bedecken und an einem lauwarmen Ort 15 Minuten ruhen lassen.

Das geschlagene Ei aufpinseln und mit Rosinen schmücken. Dann im Ofen 5 bis 8 Minuten backen lassen, bis die »Katzen« golden sind. Schmecken am besten lauwarm.

Pepperkaker
(Norwegische Pfefferkuchen)

250 g Sirup
1 Ei
250 g Zucker
150 ml Sahne
250 g Butter
1 Teelöffel Zimt
1 Teelöffel Pfeffer
1 Teelöffel gemahlene Nelken
½ Teelöffel Ingwer
1 Esslöffel Natron
600 g Weizenmehl

Butter schmelzen und Sahne, Zucker, Sirup und die Gewürze hinzugeben und so lange kochen, bis sich der Zucker aufgelöst hat. Etwas abkühlen lassen und das geschlagene Ei hinzugeben.

Mehl und Natron einrühren, so dass der Teig fest wird.

Mit einer Plastikfolie abdecken und über Nacht im Kühlschrank aufbewahren.

Den Teig rund 5 Millimeter dick ausrollen (auf mehlbestreutem Tisch oder Backpapier).

Teig mit Förmchen ausstechen.

Im Ofen bei 180 °C einige Minuten lang goldbraun backen.

750 g Weizenmehl
125 g Butter
125 g Zucker
1½ Teelöffel Kardamom
500 ml Milch
25 g Hefe

Zum Bepinseln:
1 Ei

Die Butter in das Mehl bröckeln. Zucker und Kardamom zugeben. Milch leicht erwärmen. Die Hefe in der Milch aufweichen. Alles zu einem glatten Teig verarbeiten.

1 Stunde lang gehen lassen, bis er die doppelte Größe erreicht hat.

Mehl auf den Tisch geben und den Teig in drei gleich große Stücke teilen. Jeden Streifen in 11 bis 12 gleich große Stücke teilen. Jedes zu einer rund 15 Zentimeter langen Wurst rollen und aus dieser einen einfachen Knoten machen.

Nun nochmals 15 bis 20 Minuten gehen lassen.

Dann mit dem geschlagenen Ei bestreichen und bei 225 °C auf mittlerer Schiene rund 12 Minuten goldgelb backen.

Kvœfjordkake oder –
Der beste Kuchen der Welt

Kuchenboden:
150 g Butter
125 g Zucker
150 g Weizenmehl
1 Teelöffel Backpulver
5 Eigelb
5 Esslöffel Vollmilch

Für das Baiser:
5 Eiweiß
180 g Zucker
100 g gehackte Mandeln

Kuchenfüllung:
1 Packung Vanillecreme / Vanillepudding
200 g Sahne
2 Teelöffel Vanillezucker
Die Creme für einen besseren Geschmack 1 bis
2 Stunden im Kühlschrank stehen lassen, bevor sie
aufgetragen wird.

Weiche Butter und Zucker luftig verrühren. Eigelb
vom Eiweiß trennen.
Mehl, Backpulver, Eigelb und Milch zugeben.

Backpapier auf das Blech legen und den Teig darauf verteilen.

Für das Baiser Eiweiß halb steif schlagen. Nach und nach Zucker zugeben, dann steif schlagen. Über den Teig verteilen und Mandeln darübergeben.

Auf der mittleren Schiene bei 175 °C 30 Minuten backen und abkühlen lassen.

Danach Kuchen in zwei Teile teilen. Die eine Hälfte mit dem Baiser auf eine Kuchenplatte legen.

Die Sahne steif schlagen und mit Vanillezucker vorsichtig in die kalte Vanillecreme einrühren und die untere Kuchenhälfte damit bestreichen.

Die zweite Kuchenhälfte mit dem Baiser darüberlegen.

Julegløgg (Norwegischer Glühwein)

1 Flasche Rotwein
1 Zimtstange
8–10 Nelken
1 Schluck weißer Rum
Schale einer unbehandelten Orange (in Stücke
geschnitten)
100–200 ml Zucker (gern Rohrzucker)
Rosinen und gehackte Mandeln
4 Portionen

Rosinen, Zimtstange und Nelken zusammen mit
100 ml Rotwein erhitzen. 1 bis 2 Stunden ziehen lassen, danach den Rest zugeben.

Aufwärmen und servieren.

LINDA
WINTERBERG

DIE
VERLORENE
SCHWESTER

ROMAN

atb

PROLOG

2008

Das Gewitter war abgezogen, und die dunklen Wolken lichteten sich. Es hatte kurz, dafür heftig gewütet. Prasselnder Regen, Wind, der an den Bäumen rüttelte und die Schwüle des Tages vertrieb. Nun kehrten die Sonnenstrahlen zurück, die das feuchte Gras funkeln ließen. Ein Regenbogen zeichnete sich gegen die schwarze Wand im Osten ab, Donnergrollen, das sich entfernte. Bald würde es ganz verstummen. Sie öffnete das Fenster, trat auf die Terrasse und ließ ihren Blick über den Garten bis zum nahen Waldrand schweifen. Heute war wieder einer dieser Tage, an denen sie an sie denken musste, versuchte, sich ihre Stimme in Erinnerung zu rufen, ihre Nähe und Wärme. Der Schmerz saß tief. Er wollte nicht zurücktreten, raubte ihr den Schlaf. Die Vergangenheit wog schwerer als das Leben, das sie heute hatte. Oder war sie ungerecht? Es hatte viele gute Stunden gegeben. Sie hatte die Liebe gefunden, ein Zuhause. Doch sie lebte eine Lüge. Jeden Tag, jede Stunde – und sie konnte, durfte es nicht ändern.

Heute war ihr Geburtstag. Wieder ein Geburtstag ohne sie. Zweiundfünfzig Kerzen auf einer Torte, vielleicht freute sie sich, feierte mit Enkelkindern, einem Ehemann. Würde sie an ihre Schwester denken? Sie vermissen? Sie war kein Teil ihres Lebens, schon so lange nicht mehr. Getrennt, ein

Wiedersehen war nicht vorgesehen. Sonst würde das Gestern kommen und sie zur Rechenschaft ziehen, für das, was sie getan hatte.

Sie holte die zerknitterte Fotografie aus der Tasche ihrer Strickjacke und berührte sie zärtlich mit den Fingerspitzen. Sie sahen sich so ähnlich. Dunkles Haar, Mandelaugen. Arm in Arm standen sie da, fröhlich lachend. Nicht ahnend, was die Zukunft bringen würde. Nur ein Jahr darauf war ihre Welt in sich zusammengebrochen, und sie hatten nichts dagegen tun können.

Sie trat zurück ins Wohnzimmer und ging zu dem kleinen Sekretär in der Ecke. Dort lag sie. Ihre Telefonnummer. Sorgfältig notiert auf einem Zettel. Wie ein Wunder erschienen ihr die wenigen Zahlen. Sollte sie sie anrufen? Nur ein Mal ihre Stimme hören. Fragen, ob es ihr gutging. Das würde schon reichen. Oder doch nicht? Würde sie dann nach mehr verlangen und auf ein Wiedersehen hoffen? Das jedoch durfte es nicht geben. Sie war tot, gestorben, zu einer anderen geworden, um leben zu können. Um der Hölle zu entfliehen.

Sie zerknüllte das Papier und warf es in den Mülleimer. Fischte den Zettel wieder heraus, strich ihn glatt, nahm den Telefonhörer ab, legte ihn wieder auf. Nur einmal ihre Stimme hören. Mehr nicht. Sie tippte die Nummer und drückte auf die Wählentaste. Das Klingeln, einmal, zweimal. Dann nahm sie ab.

»Hallo?«

Die Stimme ihrer Schwester. Eindeutig. Tränen stiegen ihr in die Augen.

»Wer ist denn da?«

Kein Wort kam über ihre Lippen. Sie weinte still.

»Aber da ist doch jemand.«

Stille, ihr Atem. Es wurde aufgelegt.

Sie ließ den Hörer sinken und stand einfach nur da. Starrte auf den Boden, über den Sonnenflecken tanzten. Ihre Stimme. Sie klang so fremd und doch vertraut. Der Hörer glitt ihr aus der Hand und fiel zu Boden. Sie trat zurück auf die Terrasse, wo der Regenbogen verblasste. Sie sah ihm dabei zu, wie er sich immer weiter auflöste und irgendwann ganz verschwunden war. Wie die Vergangenheit, wie ein gemeinsames Leben, das ihnen geraubt worden war – damals, als die Stille in das Haus ihrer Kindheit eingezogen war und alles zerstörte.

KAPITEL 1

Anna erreichte den Platzspitz hinter dem Schweizerischen Nationalmuseum, an dem ihre gewohnte Joggingrunde begann, die an der Limmat entlangführte, und hätte am liebsten gleich wieder umgedreht, denn dort am Ufer stand ihr Exfreund Markus. Reichten nicht schon seine Anrufe? Sogar in der Bank, wo es langsam peinlich wurde. Was verstand der Mann nicht an: Es ist vorbei? Ein halbes Jahr hatte sie es mit ihm ausgehalten. Dann war ihr seine ständige Eifersucht endgültig so auf die Nerven gegangen, dass sie sich von ihm getrennt hatte. Sie brauchte keinen Aufpasser, der bei jedem Telefonat die Ohren spitzte und sie beinahe täglich von der Arbeit abholte, womit er ihr anfangs noch schmeichelte. Zunächst schien er noch ein vollendeter Gentleman mit seinen rehbraunen Augen und dem dunklen, lockigen Haar, gutaussehend, zuvorkommend, aber mit der Zeit wurde es anstrengend mit ihm. Sie hatte ihn in einem Café während ihrer Mittagspause kennengelernt. Zwei Abende später hatte er sie zum Essen eingeladen, und sie waren im Bett gelandet, was Anna am nächsten Morgen, als sie allein aufwachte, zunächst bereute. Sagte ihre Freundin Sara nicht immer wieder, dass beim ersten Date auf keinen Fall zu viel passieren durfte? Markus war jedoch geblieben und innerhalb weniger Wochen zu einer Klette mutiert, die ihresgleichen suchte.

Jetzt lehnte er also am Geländer des Mattenstegs und schenkte ihr sein strahlendstes Lächeln.

»Markus«, begrüßte Anna ihn mit säuerlicher Miene. »Was machst du hier?«

»Ich dachte, ich könnte mit dir laufen«, antwortete er. »Wir könnten noch einmal über alles reden. Weißt du ...«

Weiter kam er nicht.

»Es gibt nichts mehr zu reden«, ließ Anna ihn nicht ausreden. »Wie oft soll ich es dir noch sagen? Es ist vorbei. Ich brauche kein Kindermädchen und auch keinen Bodyguard, der sogar mein Handy überwacht.«

Als sie ihn vor zwei Wochen dabei erwischte, wie er ihre SMS kontrollierte, war es endgültig vorbei gewesen, und sie hatte ihn wütend rausgeworfen.

»Sara wird gleich kommen und mit mir laufen. Wir sind verabredet.« Demonstrativ schaute Anna auf ihre Armbanduhr.

»Komm schon, Anna.« Er setzte seinen Dackelblick auf. Anna wandte sich ab. Noch vor einer Weile hatte sie es süß gefunden, wenn er sie auf diese Weise ansah. Mit der rosaroten Brille auf den Augen hatte er sie damit jedes Mal milde gestimmt. Doch dieses Mal würde er auf Granit beißen. Sollte er sich doch eine andere Dumme suchen, die seine Eifersuchtsanfälle und Schnüffeleien ertrug.

»Es ist vorbei, Markus«, antwortete sie um einen schroffen Unterton bemüht. »Und hör damit auf, mich ständig anzurufen oder mir irgendwo aufzulauern.«

Sein Blick wurde traurig. Er ließ die Schultern hängen. Er war ein guter Schauspieler, das musste sie ihm lassen. Doch dieses Mal würde ihm seine Show nichts nützen.

»Ich werde dir auch allen Freiraum lassen, den du brauchst«, startete er einen weiteren Versuch. »Ich war ein Esel. Ich liebe dich, Anna, ich will dich nicht verlieren.« Er machte einen Schritt auf sie zu und streckte die Hand nach ihr aus.

Anna versank in seinen traurigen Augen. In ihrem Magen begann es zu kribbeln. Reiß dich zusammen, schalt sie sich. Nicht wieder schwach werden. In spätestens drei Tagen wäre alles wie vorher.

»Hallo Anna«, kam ihr Sara zu Hilfe, die plötzlich hinter ihr auftauchte. »Markus, du auch hier?«

Anna atmete erleichtert auf und wandte sich um.

»Sara, wie schön. Da bist du ja endlich. Markus wollte gerade gehen.« Sie warf ihrem Exfreund einen kühlen Blick zu.

»Dann können wir ja los«, sagte Sara. »Sonst kommen wir auf dem Rückweg noch in die Dunkelheit. Bis irgendwann mal, Markus.« Ihre Stimme klang aufgesetzt freundlich, ihr Lächeln war unverbindlich und kühl. Anna, die sich ebenfalls mit knappen Worten von ihm verabschiedete, musste schmunzeln. Markus hatte Sara noch nie leiden können, was auf Gegenseitigkeit beruhte. Der geschleckte Typ bringt nur Ärger, hatte Sara von Anfang an gesagt. Wie recht sie doch hatte, dachte Anna, während sie Sara den Mattensteg über die Limmat folgte. Am anderen Ufer bogen sie in den Kloster-Fahr-Weg ein, der am Ufer entlang bis zum Kraftwerk Höngg ging, was den Wendepunkt ihrer Laufstrecke darstellte. Dort liefen sie über die Werdinsel ans rechte Ufer und zurück. Anna hatte nach ihrer Ankunft in Zürich vor drei Jahren mehrere Joggingrunden ausprobiert, und diese war zu ihrem Favoriten geworden. Sie liebte es, am Fluss entlangzulaufen und über das Wasser zu blicken, auf dem sich Schwäne, Enten und Blesshühner tummelten.

»Entschuldige, dass ich mich verspätet habe«, sagte Sara. »Aber es konnte ja keiner ahnen, dass er dir sogar hier auflauert.«

»Ich habe es fast befürchtet«, antwortete Anna seufzend. »Vor der Bank hat er ja schon mehrfach gestanden, und auch in meinem Stammcafé ist er vorgestern aufgetaucht. Ich bin ihm nur entgangen, weil ich sofort auf dem Absatz kehrtgemacht habe, bevor er mich entdeckt hatte.«

»Wenn das so weitergeht, wirst du noch eine Verfügung bei der Polizei erwirken müssen, damit er dich in Ruhe lässt. Ich habe dir ja gleich gesagt …«

»Ja, ja«, unterbrach Anna sie. »Er ist ein unangenehmer Typ, mit dem es nur Ärger geben wird – ich weiß. Die Polizei wird es schon nicht brauchen. Irgendwann wird er schon kapieren, dass es aus ist.«

»Hoffentlich findet er bald ein neues Opfer«, meinte Sara. »Irgendein Dummchen, das ihn vielleicht sogar heiratet. Dann hast du ein für alle Mal deine Ruhe.« Sie blieb stehen und japste nach Luft. Die Hände auf die Oberschenkel gestützt, ging sie sogar leicht in die Knie. Besorgt sah Anna ihre Freundin an.

»Was ist los? Geht es dir nicht gut?«

»Es wird schon besser. Plötzlich war mir schwindelig.«

»Das muss am Wetter liegen«, sagte Anna. »Diese ständige Schwüle geht mir auch an die Substanz, und ich bin kein wetterfühliger Mensch.«

»Nein, daran liegt es nicht«, erwiderte Sara und richtete sich auf. Plötzlich umspielte ein Lächeln ihre Lippen.

Annas Augen wurden groß.

»Nein … Du bist doch nicht etwa schwanger?«

»Doch. Sechste Woche«, platzte Sara heraus. »Deswegen war ich auch zu spät. Ich hatte noch einen Arzttermin. Sogar das kleine Herz schlägt schon. Ich habe es auf dem Monitor gesehen.«

»Gratuliere.« Anna umarmte Sara freudig. Sie wusste, wie lange Sara und Johannes sich schon ein Kind wünschten. Sie hatten die Hoffnung, dass es auf natürlichem Weg klappen könnte, beinahe aufgegeben. Sogar einen Termin in einer Fruchtbarkeitsklinik hatte Sara vor einigen Wochen vereinbart.

»Wie schön. Weiß es Johannes schon?«

»Noch nicht«, antwortete Sara. Die beiden setzten sich wieder in Bewegung, liefen aber nicht mehr, sondern spazierten einfach am Ufer entlang.

»Ich weiß gar nicht, wie ich ihm die guten Neuigkeiten mitteilen soll. Es einfach so zu sagen wäre doch unpassend nach all der Zeit, die wir darauf gewartet haben. Vielleicht sollte ich Babyschühchen kaufen oder einen Schnuller.«

»Das ist eine süße Idee. Ich freu mich so für dich!« Anna blieb stehen und umarmte die Freundin noch einmal. »Hoffentlich geht auch alles gut«, antwortete Sara. »Immerhin bin ich schon über dreißig.«

»Jetzt mach mal halblang«, suchte Anna, sie zu beruhigen. Du bist erst einunddreißig. Bestimmt wird alles völlig unkompliziert verlaufen. Allerdings müssen wir jetzt auf dich aufpassen. Ist dir übel?«

»Ein wenig morgens. Doch es ist erträglich. Und wie man sieht, wird mir beim Laufen schwindelig. Aber der Arzt meinte, ich könnte ganz normal weiter Sport machen. Nur Trampolinspringen sollte ich fürs Erste lassen.« Sie grinste. Die beiden fielen wieder in einen leichten Trab.

»Dann werde ich dich also bald als Schreibtischkollegin verlieren«, sagte Anna. »Wie soll ich ohne dich all diese Zicken ertragen?«

»So schlimm ist es auch wieder nicht. Mit den meisten verstehst du dich doch ganz gut.«

»Aber ohne dich wird es nicht dasselbe sein.«

»Vielleicht komme ich ja schon bald nach der Geburt zurück. Wir müssen sowieso überlegen, wie es weitergeht. Eine größere Wohnung können wir uns in Zürich kaum leisten, schon gar nicht mit einem Gehalt.«

»Da hast du recht«, erwiderte Anna seufzend. Auch sie bezahlte für ihre kleine Zweizimmerwohnung, die im Stadtteil Oerlikon lag, ein halbes Vermögen. Größere Sprünge waren, obwohl sie sehr gut verdiente, nicht drin. Bevor sie nach Zürich gekommen war, hatte sie auf deutscher Seite eine kleine Wohnung gehabt, die weniger als die Hälfte gekostet hatte. Doch der Ehrgeiz hatte sie in die Bankenmetropole geführt, wo sie bei der UBS-Bank als Investmentbankerin arbeitete. Sie war vier Jahre älter als Sara und verschwendete im Gegensatz zu ihr keinen Gedanken an Familie oder Kinderkriegen. Vielleicht war es auch das gewesen, was sie mit der Zeit an Markus geärgert hatte. Immer wieder hatte er vom Heiraten und einer Familie gesprochen. Ein Haus mit Garten, Idylle auf dem Land. Langeweile war da doch vorprogrammiert.

»Johannes spielt schon seit einer Weile mit dem Gedanken, aus Zürich wegzugehen. Basel ist auch interessant, und er müsste nur einen Versetzungsantrag stellen.«

»Und Johannes' Eltern sind in Basel«, vervollständigte Anna Saras Ausführungen. »Also wirst du über kurz oder lang nicht nur deinen Schreibtisch, sondern auch Zürich verlassen?«

»Vermutlich. Aber sicher ist das noch nicht«, erwiderte Sara. »Es kann dauern, bis Versetzungsanträge genehmigt werden. Sollte es jedoch so kommen, haben wir es ja nicht weit. Basel ist nicht aus der Welt.«

»Nein, ist es nicht«, erwiderte Anna, wissend, dass sie Sara verlieren würde. Genauso war es mit ihrer Freundin Greta in Konstanz gewesen, wo noch immer ihre Mutter lebte. Sie kannten sich seit der Schulzeit und waren wie Pech und Schwefel gewesen. Dann jedoch hatte Greta geheiratet, war mit ihrem Ehemann nach Bern gezogen und schwanger geworden. Inzwischen hatte sie drei Kinder, ein Mädchen und Zwillingsjungen, die Anna einmal erlebt hatte, was sie niemals wiederholen wollte. Greta war mit der Rasselbande sichtlich überfordert gewesen und hatte ihr fast schon leidgetan. Inzwischen hatten sie kaum noch Kontakt. Gewiss würde es mit Sara so ähnlich enden, was Anna schon jetzt bedauerte.